Horst Kratzmann

Das Vermächtnis des Keltenfürsten

Ein historischer Kurzroman
aus der Zeit der Kelten vom Glauberg

Horst Kratzmann

Das Vermächtnis des Keltenfürsten

Ein historischer Kurzroman aus der Zeit der Kelten vom Glauberg

4. Auflage 2012

TRIGA – Der Verlag

Bibliografische Information der Deutschen Nationalbibliothek
Die Deutsche Nationalbibliothek verzeichnet diese Publikation
in der Deutschen Nationalbibliografie;
detaillierte bibliografische Daten sind im Internet über
http://dnb.d-nb.de abrufbar.

4. Auflage 2012

Feldstraße 2a, 63584 Gründau-Rothenbergen
www.triga-der-verlag.de

Foto Titelseite: Ursula Seitz-Gray, Frankfurt am Main

Druck: Druckservice Spengler, 63486 Bruchköbel
ISBN 978-3-89774-846-0

Vorwort

Über dem Niddertal, am südlichen Rand des Vogelsberges erhebt sich auf einem Basaltkegel ein gestreckter, breiter Bergrücken.
Von Siedlungspausen unterbrochen diente dieses 267 Meter hohe Bergplateau seit dem 3. Jahrtausend v. Chr. bis ins späte Mittelalter als Wehr- und Wohnanlage.
Der archäologische Fund eines Fürsten- und eines Kriegergrabes (1995) und die Entdeckung einer frühkeltischen Fürstenstatue aus Sandstein (1998) inspirierten mich dazu, diesen Vorzeitroman zu schreiben.

Am Glauberg befindet sich einer der Hauptschauplätze meiner Geschichte.
Die Erzählung geht in das Jahr 500 v. Chr. zurück. In eine Zeit, in der sich die Technik der Verhüttung und die Bearbeitung von Eisen weitgehend durchsetzten und der Handel zur dritten Säule des Wohlstandes wurde.
In dieser Zeit regierte im Oppidum des Glaubergs ein mächtiger Keltenfürst. Diesem Fürsten habe ich den Namen Boutasages gegeben. Zwei Kinder aus verschiedenen Ehen hatte er: die besonnene und schöne Sequenna und den kriegerischen, eroberungswütigen Pratusicagus.
Fürst Boutasages beherrschte und kontrollierte die Handelswege von Ostfrankreich bis Böhmen und Westungarn, auf denen im Tausch gegen Waren und Salz auch Importe aus Attika (Griechenland) und Nordeuropa in sein Fürstentum gelangten.

»Das Vermächtnis des Keltenfürsten« ist eine fiktive Geschichte, von den Figuren hat keine tatsächlich gelebt.
Da außer den archäologischen Funden keine Aufzeichnungen existieren, habe ich die Handlung frei erfunden. Das heißt, dass es sich hier um ein Werk meiner Fantasie und nicht um einen Ausschnitt aus der keltischen Geschichtsschreibung handelt.

Horst Kratzmann

1. Kapitel

Über dem Glauberg lag der Frieden eines sonnigen Frühlingstages. Zaghaft tastete sich der erste Sonnenstrahl durch das Geäst der Bäume. Das Wasser des kleinen Baches unweit vom Oppidum, unterhalb der Zitadelle, untermalte mit seinen dumpfen Murmeln die fröhlichen Lieder der erwachenden Vögel.

Ein vorwitziger Sonnenstrahl tanzte bis hinauf auf das Wasser des Baches und blieb dann, als hätte er hier einen Ruhepunkt gefunden, auf der bronzenen Haut des badenden Mädchens liegen.

Unbekümmert tummelte sich Sequenna, die Tochter des Fürsten, in dem frischen Wasser. Sie wollte diesen herrlichen Morgen in aller Ruhe genießen und an nichts denken. Doch immer wieder kam die Sorge um ihren alten, kranken Vater wie ein dunkler Schatten über sie.

Sie stieg aus dem Wasser und schüttelte ihre langen, blonden Locken, die ihr fast bis zur Hüfte reichten. Schnell warf sie sich ihren Umhang über und ließ sich auf einem Stein nieder, neben den sie vorher alle für ihre morgendliche Toilette notwendigen Badeutensilien gelegt hatte.

Mit geschickten Händen ordnete sie ihre Haare und steckte sie mit goldenen Spangen fest, die ihr einst ihr Vater geschenkt hatte.

»Sequenna!«

Das Mädchen blickte auf und lauschte. Hatte da nicht jemand gerufen?

»Sequenna, bitte lauf nicht weg«, hörte sie eine vertraute Stimme. »Habe ich dich etwa erschreckt? Das wollte ich nicht!« Es war Conall, der aus dem Gehölz trat.
»Du hier, Conall?«, freute sich das Mädchen. »Bist du nicht bei deinen Kriegern im Süden?«
»Wie du siehst, stehe ich vor dir!«, erwiderte Conall lachend.
Conall war eine straffe Erscheinung, breitschultrig, mit energischem Gesicht und kriegerischem Narbenschmuck auf der Stirn. Es steckte Haltung in ihm. Er war dem Fürsten vor Jahren bei einem Feldzug aufgefallen. Wenn Conall von ihm angeredet wurde, gab er kluge Antworten, kurz und bestimmt, alles hatte Sinn und Ziel, was er sagte. Das gefiel dem Fürsten, er förderte Conall und betraute ihn mit schwierigen Aufgaben.
Sequenna kannte Conall seit ihrer Kindheit. Gemeinsam hatten sie gespielt und so manchen Streich ausgeheckt. Nachdem Sequenna den Druiden zur Erziehung und Ausbildung übergeben wurde, blieben beide für fast zehn Jahre getrennt. Als Sequenna, inzwischen zu einem hübschen halbwüchsigen Mädchen herangereift, zurückkam, lebte die alte Freundschaft zu Conall sofort wieder auf. Aus Freundschaft wurde schnell Zuneigung und später Liebe. Die musste jedoch geheim bleiben, denn Sequenna war als Tochter des Fürsten bereits einem anderen – einem jungen Keltenfürsten – versprochen.
Sequenna trug eine leichte Tunika, die sie über der linken Schulter festgebunden hatte. Conall sah sie an. Er liebte ihre Art sich zu kleiden, er liebte ihren Gang und ihr offenes fröhliches Wesen. Nur in den Augenblicken, in denen sie traurig über ihre Pflichten und über die Erwartungen, die ihr Vater in sie setzte, sprach, stieg in Conall ein fröstelndes Gefühl hoch.
Conall setzte sich neben Sequenna ins Gras und beobachtete sie von der Seite. Er suchte ihren Blick. Aber erst nach einer Weile sah sie ihn forschend an. Ihm war es, als würden ihre Augen, als sie die Lider aufschlug, den Blick in ihre Seele freigeben. Nichts von der auf sie zukommenden Bürde und der Furcht vor der ungewissen Zukunft war mehr in ihnen zu lesen.

Sequenna sah Conall lange an.
»Was denkst du jetzt, Sequenna?«
Das Mädchen legte sich zurück, verschränkte ihre Arme unter dem Kopf und starrte in den wolkenlosen Himmel. »Nichts, Conall, gar nichts«. Ihre Stimme klang verträumt.
Conall beugte sich über sie. Seine Blicke tasteten über ihre edlen Züge, über das zarte Kinn, das in den schlanken Hals überging. Er sah die Flut ihrer blonden Haare über sich.
Eine lange Pause entstand. Sequenna sah noch immer in den Himmel. Als Conall ihre Blicke fand, standen Tränen in ihren Augen. Schnell schloss er sie in seine Arme und küsste sie. Sequenna umschlang ihn und erwiderte leidenschaftlich seine Liebkosungen. Dann wollte sie etwas sagen, aber Conall bat: »Nicht sprechen, Sequenna, nicht jetzt!«
»Doch«, flüsterte sie. »Ich muss es dir sagen, Conall. Ich könnte ohne Reichtum und Wohlstand leben, ohne alles, was mir bisher lebenswert erschien. Aber nur, wenn du bei mir bist. Sobald Pratusicagus die Nachfolge unseres kranken Vaters angetreten hat, werde ich auf all meine Rechte verzichten und von hier fortgehen. Ich werde dann nicht mehr die Tochter des Fürsten, sondern nur noch dein Weib sein.«

2. Kapitel

Nach einem Plan, den Pratusicagus, der Sohn des Fürsten Boutasages, selbst ausgearbeitet hatte, durchquerte eine Gruppe von Kriegern mit mehreren Booten unbemerkt den großen Fluss, um den Handelsposten der Felljäger anzugreifen. Von der Plünderung der Siedlung versprach sich Pratusicagus große Beute.

Schon mehrmals hatte er ohne Wissen seines Vaters diesen Handelsplatz gebrandschatzt und ausgeraubt. Bei dem letzten Überfall hatte er die Familie des Häuptlings getötet. Daraufhin hatte ihm Dathen, der Führer des Stammes, blutige Rache geschworen.

Schon am Tag hatte Pratusicagus Kundschafter am anderen Ufer abgesetzt und als diese nachts die Signalfackeln anzündeten, griffen seine Männer im Schutz der Dunkelheit an und töteten vor den Toren der Siedlung alle Wachen.

Es gelang ihnen aber nicht, in die Siedlung einzudringen. Der hinterlistige Überfall wurde rechtzeitig entdeckt und die Verteidiger konnten die Angreifer zurückdrängen.

Vor der Palisade reihten sich nun die Verteidiger auf, um ihre Waffen zur Schau zu stellen. Die Männer, die Schwerter hatten, standen in der ersten Reihe und vermittelten den Eindruck, dass die übrigen genauso bewaffnet waren. Pratusicagus ließ sich jedoch nicht täuschen. Ihm war bekannt, dass der gegnerische Stamm kein Eisen und nicht genug Bronze besaß.

Dathen trat mit seinem Bronzeschwert in der Hand aus dem Tor der Palisade.

Während Pratusicagus sein Schwert aus der Scheide zog, formierten sich seine Männer zu einem Halbkreis, um den beginnenden Zweikampf beobachten zu können.
Dann traten die beiden Männer einander gegenüber. Eine ganze Weile musterten sie sich. In Dathens Herz ballte sich ein fürchterlicher Hass gegen Pratusicagus. Ein Hass, der sein Blut heiß und schnell fließen ließ. Es war leicht, einen solch gemeinen Feind wie Pratusicagus, der ihm Weib und Kind getötet hatte, zu hassen. Dathen strebte danach, seine Sippe zu rächen, selbst wenn ihm sein eigener Tod dabei sicher war.
Er begann seinen Todfeind langsam zu umkreisen. Er wusste nicht genau, wo er am besten angreifen sollte. Als er bei seinem Gegner eine ungedeckte Stelle ausmachte, schlug er blitzschnell mit seinem Bronzeschwert zu. Pratusicagus schrie auf, mehr aus Verblüffung als vor Schmerz. Er blutete aus einer Wunde im rechten Oberarm, mit dem er das Schwert führte. Es war ein langer, tiefer Schnitt, der ihn in kurzer Zeit seiner Kräfte berauben würde. Pratusicagus musste zu einem hinterlistigen Mittel greifen, wenn er Dathen besiegen wollte. Ein leichtes Hochziehen seiner Augenbrauen genügte seinen Männern als Signal.
Dathen verspürte plötzlich eine scharfe Speerspitze tief in seinem Oberschenkel. Diese Wunde riss seine Muskeln und Adern bis zu den Knochen auf. Der Getroffene ließ sich auf sein linkes Knie sinken und war von dem Schmerz wie gelähmt. Pratusicagus sprang vor und hieb mit seiner Klinge über Dathens Brust. Dann schwang er sein Schwert zurück. In diesem Hieb lag seine gesamte Körperkraft. Dathen bewegte sich und wich dem fürchterlichen Schlag aus, der ihn ansonsten enthauptet hätte. Er kam wieder auf die Beine und kämpfte um sein Gleichgewicht, während er, das Schwert mit beiden Händen umklammernd, einen so wütenden Angriff startete, dass Pratusicagus erschrocken zurückwich.
Wieder griff Pratusicagus zu einem hinterhältigen Mittel, indem er einem seiner Bogenschützen einen unmissverständ-

lichen Wink gab. Diesem gelang es, unbemerkt einen Pfeil an die Sehne zu legen und auf den Rücken von Dathen abzuschießen. Nachdem der Pfeil durch den Rücken bis in Dathens Herz eingedrungen war, stand Dathen noch einen Moment lang aufrecht da – lange genug, um Pratusicagus als einen elenden Feigling zu verfluchen. Dann stürzte er wie ein gefällter Baum zu Boden. Als er fiel, wurde es totenstill.

Dann begann ein fürchterliches Gemetzel und der Kampf dauerte bis in den frühen Morgen. Nur wenige konnten durch eine Flucht ihr Leben retten.

Die Waffen aus Eisen waren denen aus Bronze überlegen. Trotz tapferer Gegenwehr der Verteidiger entschieden die Angreifer den Kampf für sich.

Flammen erhellten mit rotem Schein die Nacht und Gestank von Rauch und Blut verbreitete sich. Der Erdboden war mit verkohlten und blutüberströmten Leichen bedeckt.

Pratusicagus sah auf die gefallenen Gegner und auf die rauchenden Hütten des Dorfes. Er empfand dabei die süße Befriedigung des Hochgefühls, welches sich bei ihm nach jeder gewonnenen Schlacht erneut einstellte.

3. Kapitel

Fürst Boutasages schritt über die Ringwälle der Zitadelle. Er war alt, die meisten Dinge der Erde verloren ihren Glanz für ihn. Er schritt gebückt dahin. Das Alter hatte seinen Rücken gebeugt und zahllose Runzeln in sein Antlitz gezeichnet. Das Gewand aus prachtvollem, edelstem Leinen schlotterte um seinen Körper. Die Zeit war nicht mehr fern, in der seine Seele sich wieder mit den Göttern der Anderwelt vereinigen würde. Mühsam näherte er sich der steinernen Bank, die unter einem Schatten spendenden Baum stand. Dort saß er jeden Tag und machte sich immer wieder Gedanken über seine Nachfolge.

Der Fürst klatschte in die Hände. Ein Diener erschien. »Hole Dagdatorix!«, befahl er.

Der Diener verneigte sich und entfernte sich wieder.

Der alte Keltenfürst sah hinter ihm drein und fuhr sich mit der zitternden Hand über die Stirn. Als die Hand seinen Blick nicht mehr verdeckte, stand der Oberdruide Dagdatorix vor ihm.

»Ich habe dir etwas mitzuteilen, Dagdatorix«, sagte der Fürst.

Der Oberdruide verneigte sich zum Zeichen seiner Ergebenheit. Er kannte den fast täglich wiederholten Wunsch seines Herrn, der von ihm die Zustimmung für die Regelung seiner Nachfolge haben wollte.

Fürst Boutasages hatte zwei Nachkommen: einen Sohn, den ehrgeizigen, machthungrigen Kriegshelden Pratusicagus, und eine Tochter aus zweiter Ehe, die kluge, gebildete, attraktive Sequenna.

Pratusicagus, der Erstgeborene, verachtete seinen Vater, weil dieser einst so mächtige Kriegerfürst sein Volk in den Frieden geführt und die Schwerter gegen Ackergerät eingetauscht hatte. Doch die Zeiten hatten sich geändert. Nicht mehr Eroberungskriege, sondern Frieden, kluge Diplomatie und der Ausbau von Handelsbeziehungen sicherten den Fortbestand der keltischen Fürstentümer.

Wäre Sequenna die Erstgeborene, würde Boutasages ohne zu zögern sie zur Alleinerbin bestimmt haben. Denn unter Sequennas umsichtiger Regentschaft, davon war er fest überzeugt, würde dem Land Frieden und Wohlstand erhalten bleiben.

Doch der erstgeborene Sohn durfte nach dem Gesetz der Ahnen bei der Erbfolge nicht übergangen werden. Pratusicagus war jedoch ein rauer, ungehobelter Krieger, unbeholfen in der Diplomatie und unfähig das Land zu regieren.

Boutasages suchte deshalb verzweifelt nach einer Lösung. Der alte Keltenfürst sah zu dem Oberdruiden auf. »Ich habe eine Entscheidung getroffen, Dagdatorix«, verkündete er. »Ich werde Sequenna und Pratusicagus gemeinsam zu meinen Nachfolgern ernennen.«

Der Oberdruide zuckte zusammen. Seine Ohren hatten soeben vernommen, wie der herrschende Fürst das Gesetz der Ahnen umstieß. Dagdatorix ahnte das kommende Unglück. Denn Pratusicagus würde sich mit dieser Entscheidung nie abfinden. Hass würde zwischen den Geschwistern aufkommen und nach einem Machtkampf würde Pratusicagus letztendlich doch der Sieger sein. Für Sequenna würde das den sicheren Tod bedeuten.

Obwohl der Wunsch des Fürsten einem Befehl der Götter glich, wagte Dagdatorix seinem Herrn zu widersprechen.

»Verstoße nicht gegen das Gesetz der Ahnen«, begann er vorsichtig. »Demütige nicht deinen Erstgeborenen. Nimm nicht, was ihm nach dem Gesetz zusteht. Habe Geduld mit deinem Sohn. Setz Vertrauen in ihn und gib einem der jungen Fürstensöhne Sequenna zur Frau.«

»Nein, Dagdatorix!«, antwortete der Fürst. »Ich habe mir mein Vermächtnis genau überlegt. Hör mir gut zu! Pratusicagus hat erst vor wenigen Tagen den Handelsposten der Felljäger niedergebrannt«, zürnte er. »Wiederholt hat er meine Befehle missachtet und Nachbarvölker überfallen. Unser Volk braucht einen umsichtigen Herrscher, der unser Volk vor Krieg und Elend bewahren kann. Aber dafür ist Pratusicagus noch nicht reif. Ich habe deshalb beschlossen, nach meinem Tod auch Sequenna zur Regentin zu ernennen. Pratusicagus und Sequenna sollen fünf Sommer und Winter gemeinsam regieren. Pratusicagus erhält die Salzquellen und die Eisenhütten im Norden. Dort kann er beweisen, dass er auch über andere Fähigkeiten verfügt. Sequenna soll auf dem Oppidum des heiligen Berges residieren und über die südlichen Länder herrschen. Nach dieser Zeit bestimmst du, Dagdatorix, wer von den beiden am fähigsten und würdigsten ist, meine Nachfolge anzutreten.
Wer sich gegen mein Vermächtnis auflehnt und den Frieden bricht, verliert den Anspruch auf das Erbe. Dagdatorix, mein Freund, ich beauftrage dich hiermit, mein Vermächtnis zu erfüllen.«
»Ich werde das tun, was zur Erhaltung der Sippe dienlich erscheinen wird«, antwortete der Oberdruide und entfernte sich ehrfurchtsvoll.

4. Kapitel

Das Schicksal ist ein Gewebe, das sich aus vielen Schnüren zusammensetzt, die Menschen sind nur die einzelnen Fäden, die von den Schicksalsmächten geknüpft werden.

Wenige Tage nachdem Boutasages den Druiden Dagdatorix mit der Erfüllung seines Vermächtnisses beauftragt hatte, lag der alte Fürst im Sterben.
Sequennas Augen füllten sich mit Tränen, als sie von ihrem Vater Abschied nahm. Sie konnte ihn kaum noch erkennen. Seine Wangen waren so eingefallen, dass die Knochen hervortraten und seine Gesichtszüge sich völlig verändert hatten.
»Vater«, flüsterte sie leise.
Seine Augen öffneten sich flackernd. »Sequenna, ich will, dass du für unser Volk den Frieden bewahrst. Ich will, dass du meine ...« Da versagte dem Fürsten die Stimme.
Sequenna erschrak. Sie setzte sich an den Rand seines Lagers und nahm seine Hand auf. Sie war kalt wie Eis.
»Vater«, flüsterte sie, »bitte verlass mich nicht!«
Sie führte ihren Mund an seine Lippen und küsste ihn zart.
»Ich liebe dich, meine kleine Sequenna«, hauchte der Fürst leise.
»Ich liebe dich auch, Vater«, antwortete Sequenna und schaute in seine Augen, in denen das Licht des Lebens erlosch.
Der Fürst bäumte sich kurz auf, dann sackte sein lebloser Körper zur Seite.

»Nein!«, schrie Sequenna und warf sich schluchzend zu Boden. Plötzlich spürte sie eine Hand auf ihrer Schulter. Es war Conall.
»Du musst jetzt stark und tapfer sein«, tröstete er sie.
»Conall«, flüsterte sie unter Tränen. »Vater ist tot und Pratusicagus wird in Kürze zu seinem Nachfolger ausgerufen werden. Bitte, lass uns von hier fortgehen. Lass uns nach Attika in das Heimatland meiner Mutter ziehen.«
»Ja, Sequenna«, antwortete Conall. »Nach dem Begräbnis werden wir in den Süden ziehen. Wir beide, nur wir beide.« Er umarmte sie zärtlich.

5. Kapitel

Zur gleichen Zeit, als Fürst Boutasages in den Armen von Sequenna verstarb, hielt sich Pratusicagus bei seinen Kriegern in einem befestigten Feldlager unweit des großen Flusses auf. Wiederholt hatte er gegen den Willen seines Vaters gehandelt und immer wieder ohne Grund friedliche Nachbarvölker überfallen. Tod, Verderben und eine verbrannte Erde zeugten von seinen Taten.
Auch den Befehl seines Vaters, sich wegen des Überfalls auf das Dorf der Fellhändler vor dem großen Rat zu verantworten, ignorierte er. Er dachte nicht daran, dort Rechenschaft abzulegen, und kehrte deshalb trotz mehrfacher Aufforderung nicht ins Oppidum zurück.
In der Mitte des Lagerplatzes brannte ein großes Feuer, das einen Teil des Lagers erhellte. Fröhlicher Gesang erklang und die Becher klirrten. Pratusicagus und seine Kampfgefährten lachten heiter. Sie erzählten von alten Heldentaten und träumten von neuen.
»Der Alte macht es nicht mehr lange«, verriet Pratusicagus seinen Vertrauten. »Seine Regentschaft hat unser Volk erschlaffen lassen. Wir brauchen neues Land! Eroberungen müssen unsere Macht stärken. Wenn ich erst Fürst bin, werde ich euch zu neuem Ruhm führen«, prahlte er.
Wolken verdunkelten den Mond und die beiden Wachposten reckten sich gerade gähnend, als vier staubbedeckte Reiter das Zelt der Lagerwache erreichten.

»Meldet uns sofort bei Pratusicagus«, befahl deren Anführer. »Im Oppidum ist etwas Schreckliches geschehen!«
Pratusicagus wollte sich gerade zur Ruhe legen, als einer seiner Männer gerannt kam und ihn aufschreckte: »Herr, vier Reiter aus dem Oppidum wünschen dich sofort zu sprechen! Sie sagen, sie seien Boten von Dagdatorix.«
»Was? Boten von Dagdatorix? Wo?«
»Sie stehen am Lagerfeuer, sie sagen, ihre Botschaft sei sehr wichtig!«
Pratusicagus sprang auf und befahl, die Boten vorzulassen. Er ahnte die Botschaft und bemühte sich, seine Schadenfreude zu unterdrücken.
Mit starren Augen blickte Pratusicagus den Ankömmlingen entgegen. Heiser klang seine Stimme. »Was ist geschehen, welche Botschaft bringt ihr mir?«
»Herr«, begann der Anführer der Gesandten zögernd, »Fürst Boutasages, Euer Vater, hat uns gestern für immer verlassen. Er ist friedlich in die Anderwelt gegangen. Dagdatorix bittet Euch, sofort ins Oppidum zu kommen.«
Pratusicagus spielte den entsetzten Sohn. Zum Schein raufte er sich heuchlerisch die Haare und klagte: »Mein armer, armer Vater!«
Doch kaum, dass die vier Reiter das Lager verlassen hatten, ließ er seine Maske fallen. Stolz und arrogant stellte er sich auf einen der Felsbrocken und schaute auf seine versammelten Krieger.
Dann verkündete er: »Mein Vater, Fürst Boutasages, ist tot. Wir kehren noch heute ins Oppidum zurück. Jetzt bin ich euer Fürst«, fuhr Pratusicagus fort. »Und ich gelobe hiermit feierlich, dass die Erniedrigungen, die euch zu Hirten und Bauern machten, vorbei sind. Wie unsere ruhmreichen Ahnen werden wir wieder wie Krieger kämpfen und siegen. Es wird ein blutiger Schwertertanz, mein Wort darauf!«
Tosender Beifall hallte durch die Nacht. Und während man im ganzen Land den Tod des Fürsten betrauerte, ließ Pratusicagus sich schon als neuen Fürsten feiern.

6. Kapitel

Das Gesetz der Ahnen schrieb vor, dass nach dem Tod eines Stammesfürsten dessen Gemahlin vor den Beisetzungsfeierlichkeiten die heilige Quelle hinter den Vulkanbergen aufsuchen musste. Dort hatte sie der Göttin Airmid zu opfern und aus der Quelle des Lebens das heilige Wasser für die Rituale der Beisetzung zu schöpfen.

Da Boutasages verwitwet war, hatte nach den Riten der Druiden seine älteste Tochter diese Aufgabe zu übernehmen. Sequenna wurde von Dagdatorix über den Ort, an dem sich die heilige Quelle befand, unterrichtet. Zwei bis drei Tagesritte sollte die Reise über die Vulkanberge dauern. »Sie liegt versteckt hinter dem großen erloschenen Vulkankegel in einem Hochtal und ist nur über eine uralte Steinkammer zugänglich. Diese ist durch einen Felsen und eine Baumgruppe getarnt«, erklärte Dagdatorix. Dann übergab er ihr einen Tonkrug, der zum Transport des heiligen Wassers dienen sollte.

»Sei vorsichtig und verschütte das Wasser nicht«, beschwor er sie. »Das heilige Wasser hat magische Kräfte und ist für die Weihe der Statue des Fürsten bestimmt.«

Schon vor Jahren hatte Fürst Boutasages einen Bildhauer aus Attika damit beauftragt, eine Statue nach seinem Ebenbild zu fertigen. Der Künstler schuf ein Meisterwerk aus rötlichem Sandstein. Boutasages wurde als Kriegerfürst mit Brustpanzer und Schwert dargestellt. Mit seiner linken Hand hält er einen ovalen keltischen Schild mit Spindelrippe vor dem Körper. Als

Würdezeichen seiner fürstlichen Macht hat man Boutasages mit einem mit drei knospenförmigen Zierstücken versehenen Halsring, einem Armring und einem Fingerring ausgestattet.

Conall beschloss, Sequenna zur heiligen Quelle zu begleiten. Sie ritten zunächst nordwärts, bogen aber schon nach kurzer Zeit in die Bergtäler ab. Ihre Pferde bewegten sich in dem bergigen Gelände nur mühsam vorwärts. Bisweilen versperrten entwurzelte Bäume oder herabgestürzte Felsen die steilen Pfade. Verkrüppelte Kiefern reckten ihre knorrigen Äste zum Himmel. Es roch nach Kiefernnadeln und Harz. Schweigend durchquerten sie ein menschenleeres Land von wilder Schönheit.

Gegen Mittag des zweiten Tages erreichten sie die Hochebene hinter dem erloschenen Vulkankegel. Sie näherten sich dem Heiligtum, dessen Eingang durch eine hohe Baumgruppe getarnt war.

Conall band die Pferde fest und begann, die schweren bemoosten Steine vor dem Zugang zur Kammer beiseite zu schaffen. Dann zündete er eine Fackel an und überreichte sie Sequenna. Conall selbst durfte das Heiligtum nicht betreten. Nur Priesterinnen und Frauen, die von den Druiden damit beauftragt worden waren, das heilige Wasser zu schöpfen, war der Zutritt gestattet.

Sequenna zwängte sich durch den engen Eingang. Aber schon nach wenigen Schritten wurde die ursprünglich enge Steinkammer breiter und höher. Bleich schimmerte das Höhlenmoos von den schwarzen Steinen. Im Inneren der Kammer fiel das Licht der Fackel auf die lebensgroße Statue der Göttin Airmid, die geheimnisvoll schimmerte.

Sequenna verneigte sich ehrfurchtsvoll vor dem Ebenbild der Göttin und legte vor dem kleinen Altar die mitgebrachten Opfergaben nieder.

Dann stieg sie die unzähligen steinernen Stufen zur heiligen Quelle hinab. Es kam ihr unendlich lange vor, bis sie den unterirdischen See erreichte. Das Licht ihrer Fackel brach sich im

Wasser und tanzte in hellen Flecken auf dem Felsgewölbe. Der Dunstschleier des heißen Wassers hüllte alles in ein geheimnisvolles Halbdunkel.
Sequenna legte ihre Kleider ab und stieg ein wenig zögernd in das warme Vulkanwasser, das aus dem Felsen sprudelte. Es fiel ihr nicht schwer, sich der wohltuenden Wirkung des Wassers zu überlassen und alle belastenden Gedanken beiseite zu schieben. Wenn ich in diesem heiligen Wasser liege, so empfand sie, kehre ich zu meinem Ursprung zurück und fühle mich erneuert.
Nach einiger Zeit der Besinnlichkeit richtete sie sich wieder auf, stieg aus dem Wasser, trocknete sich ab und zog sich an. Behutsam und andächtig schöpfte sie das heilige Wasser in den Tonkrug und trug es vorsichtig über die Stufen nach oben.
Conall half ihr, das kostbare Gut auf dem mitgeführten Packpferd zu befestigen.

Mittag war bereits vorüber, als Conall und Sequenna die Rückreise antraten.
Ihr Weg führte über die Höhen der Berge, wo die windgebeugten Bäume nur wenig Schatten und Schutz spendeten, durch den Krater des erloschenen Vulkans in die engen Täler.
Sequenna und Conall blickten verträumt auf eine Welt von unermesslicher Schönheit hinab: Heide und Ginsterdickicht, unendliche Wälder, das tiefgrüne, moosfarbene Gras der Hochmoore und das Silber der gewundenen Bäche.
»Sequenna, du wirst Heimweh nach den Bergen und Wäldern haben, wenn wir von hier fortgehen«, unterbrach Conall das andächtige Schweigen seiner Verlobten. »Überleg es dir gut«, fuhr er fort. »Hier bist du als Tochter des Fürsten Boutasages eine Edelfrau von hohem Rang. Du und ich wissen nicht, welches Schicksal uns in einem unbekannten Land erwarten wird. Ich möchte nicht, dass du mit mir unglücklich wirst und deine Entscheidung später bereust.«
Erschrocken sah Sequenna Conall an. »Ich habe es mir nicht nur einmal überlegt, Conall«, antwortete sie leise. »Und ich

denke nicht daran, meine Entscheidung zu ändern. Gewiss, ich werde Heimweh haben, aber was soll ich denn noch hier. In wenigen Tagen wird Pratusicagus als rechtmäßiger Fürst Vaters Erbe antreten. Wenn wir hier bleiben, wird er es nicht dulden, dass ich dein Weib werde. Er wird versuchen, mich mit irgendeinem seiner Vasallen zu vermählen. Ich bin keine Figur auf dem Spielfeld meines Bruders«, erzürnte sie sich. »Ich gehe auch allein von hier weg, falls du mich nicht zum Weib haben willst. Sollte dies so sein, dann sag es mir bitte jetzt und sofort!«

»Du dummes bezauberndes Mädchen, wie kannst du nur so etwas von mir denken«, empörte sich Conall. »Ohne dich hätte mein Leben keinen Sinn. Ich werde immer für dich da sein und für dich kämpfen. Du hast Recht, wir müssen von hier wegziehen, auch dann, wenn uns der Abschied noch so schwer fällt. Hier können wir nicht glücklich werden.« Conall beugte sich zu Sequenna, nahm sie in die Arme, drückte und küsste sie.

Plötzlich zerriss hoch über ihnen der schrille Schrei eines Falken die Stille. Conall blickte auf und folgte dem Flug des Vogels, der immer höher und weiter, völlig frei in den Himmel flog.

Und dann stand er vor ihnen. Plötzlich und unerwartet tauchte er aus dem Nichts auf und versperrte ihnen den Weg.

Es war der größte Wolf, den Conall je gesehen hatte. Völlig reglos stand er da. So langbeinig und hochschultrig wie ein Hirsch. Sein Schwanz war eingezogen, sein großer, grauer Kopf vorgereckt, seine Ohren waren aufgerichtet. Das Ungetüm fletschte die Zähne.

Die Pferde scheuten. Conalls Rotfuchs konnte nicht mehr beruhigt werden. Immer unruhiger, ängstlicher und heftiger bäumte er sich auf und warf seinen Reiter, der vergeblich versuchte, das Tier wieder zu bändigen, mit einem plötzlichen Ruck ab.

Conall stürzte zu Boden, richtete sich aber blitzschnell wieder auf. Sequenna, welche die Situation sofort erkannte, warf ihm mit den Worten »hier, Conall« einen Speer zu.

Conall starrte den Wolf an und der Wolf starrte zurück, mit Augen, in denen Feuer glühte. Conall näherte sich vorsichtig dem zugeworfenen Speer und nahm ihn auf. »Bleib ganz ruhig und halte die Pferde«, rief er Sequenna zu »Ich muss ihn töten!« Besonnen ging er auf das Raubtier zu. Er war nur noch wenige Schritte entfernt, als sich die Bestie duckte, die Ohren flach am Schädel, zum Sprung bereit. Doch Conall zeigte keine Furcht und schritt weiter. Die Bestie knurrte, seine graue Mähne sträubte sich. Das Heulen klang markerschütternd. Während Conall auf den Wolf zu schritt, nahm Sequenna vorsichtig den Bogen zur Hand und griff zum Pfeilköcher hin.
Conall musterte den Wolf und der Wolf musterte ihn. Einen Augenblick zögerte der Wolf. Sein Fell sträubte sich, die Muskeln traten hervor. Das gewaltige Raubtier senkte den Kopf und griff an.
Conall hob sich auf die Zehen und sprang der angreifenden Bestie entgegen. Er lief im scharfen Winkel vorn an ihr vorbei und zwang sie dadurch, sich nach ihm zu wenden, so dass der Hals und die Brustseite frei lagen. Als er lief, tanzte die Speerspitze vor ihm in der Sonne.
Der Wolf kam tief geduckt näher und setzte zum Sprung an. Im allerletzten Augenblick hob Conall den Speer und zielte auf den Hals des Wolfes. Die Spitze des Speeres drang tief ein, die Kraft des Aufpralls ließ den Schaft hochschnellen und warf Conall auf die Knie. Aber er hielt den Schaft des Speeres eisern fest. Während die Bestie tödlich getroffen aufheulte, wippte und schlug der Schaft in Conalls Griff und prallte ihm gegen die Rippen. Da richtete sich das große Raubtier steil auf. Conall fühlte sich in die Luft gerissen. Der Schaft des Speeres brach und Conall wurde zu Boden geworfen. Der Aufprall nahm ihm den Atem. Unter Schmerzen setzte er sich auf und blickte benommen um sich.
Zehn Schritte entfernt wand sich der Wolf im Todeskampf. Sein Rücken krümmte sich, die Beine wurden steif und mit einem letzten Aufstöhnen starb er.
Urplötzlich tauchte ein zweiter Wolf auf. Er hatte hinter einem

großen Stein verborgen gelauert. Sequenna sah ihn. »Conall! Hinter dir! Vorsicht!«

Conall sah sich um und erblickte das Tier. Es war eine Wölfin, zierlicher gebaut und etwas heller im Fell, aber genauso gefährlich wie der männliche Wolf. Sie schlich sich mit tödlicher Konzentration an.

»Cernunnos, hilf uns!« betete Sequenna, als sie sah, wie sich Conall vergeblich bemühte aufzustehen. Die Wölfin schlich geduckt, in kurzen Sätzen kam sie knurrend heran.

So langsam, dass sie ihre eigenen Bewegungen kaum spürte, hob Sequenna den Bogen und legte einen Pfeil an die Sehne. Sie schob einen Fuß vor, bis sie die nötige Standfestigkeit hatte, zielte und zog den Bogen straff. Sie spürte, wie die Angst in ihrem Genick kribbelte. Dann ließ sie den Pfeil los. Dieser schnellte von der Sehne und bohrte sich in das Herz der Wölfin. Sie heulte auf und sackte tödlich getroffen zusammen.

Tränen der Erleichterung traten in Sequennas Augen. Während sie spürte, wie ihre Angst nachließ, sank sie, indem ihr schwarz vor den Augen wurde, auf den steinigen Boden nieder.

Conall hob sie auf, nahm sie in die Arme und drückte sie. »Es ist vorbei Sequenna, es ist vorbei.«

»Wir müssen weiter«, mahnte Conall, nachdem sich Sequenna von dem Schreck erholt hatte. Er warf dabei einen Blick zur Sonne hinauf. »Es ist zu spät, um sich noch auf den Rückweg ins Oppidum zu machen. Wir werden die Nacht bei den Steinkreisen verbringen. Dort können uns die Wölfe nicht erreichen«, schlug er vor. »Wir werden dort den Hasen, den ich heute morgen erlegt habe, braten.«

Sie erreichten die Steinkreise nach einem kurzen Ritt. Und während Sequenna eine Feuerstelle anlegte, schnitt Conall dem erlegten Hasen mit seinem bronzenen Messer das Fell auf und riss es mit einem festen Ruck bis zu den Vorderpfoten herunter. Dabei löste sich das Fleisch des Tieres, so dass Conall, nachdem er dem Tier Kopf und Pfoten abgetrennt hatte, den Hasen ausweiden konnte.

Dann begab sich Conall zu dem inzwischen lodernden Feuer und steckte den ausgeweideten Hasen auf einen Spieß. Er hielt den Braten über die Flammen, bis er zu brutzeln und zu tropfen begann.

Bald stieg ein so verlockender Duft auf, dass Sequenna vor Appetit das Wasser im Mund zusammenlief. Schließlich war der Hase so gut geröstet, dass der Saft klar war und sich die Keulen mühelos vom Gelenk lösen ließen.

Conall zog den Spieß aus dem Feuer und reichte ihn augenzwinkernd Sequenna. »Dieser Braten ist für dich, mein hübsches, mutiges, tapferes Weib.«

Als ihr Hunger gestillt war und das Feuer langsam niederbrannte, sahen Sequenna und Conall, wie die Sonne hinter den Bergen unterging. Der Tag flammte noch einmal rot auf, kühlte dann zu Rosa ab, zu sanftem Gold, Violett und Grau, bis die Farben schließlich im kalten Blau des Abends versanken.

Sanfter Wind kam auf, Sequenna schmiegte sich an Conall und bald übermannte beide die Müdigkeit. Sie fielen in einen tiefen Schlaf und wurden erst am Morgen durch die aufgehende Sonne geweckt. Ein neuer Tag lag vor ihnen, Angst und Schrecken vom vergangenen waren vergessen.

Gegen Abend erreichten sie wieder das Oppidum. Sie übergaben Dagdatorix das für die Weihe der Statue bestimmte Wasser aus der heiligen Quelle.

7. Kapitel

Es war Nacht, kurz nach Beltaine. Von der Halle der Ahnen her, in der der Leichnam des Verstorbenen feierlich aufgebahrt worden war, bewegte sich der Trauerzug auf der Prozessionsstraße zum Grabmal hin, welches der Fürst noch zu Lebzeiten hatte errichten lassen.

Der tote Fürst trug als Zeichen seiner Würde einen dreifach gegliederten, goldenen Halsreif und ein breites Goldarmband. Seine Kleidung wurde von zwei schlangenförmigen Fibeln aus purem Gold zusammengehalten. Die Beschläge seiner Schuhe waren aus Goldblech gefertigt.

Angeführt wurde der Zug von sechs Druiden, die Fackeln trugen und uralte, ehrwürdige Hymnen sangen. Dahinter schritten die Nachkommen des Verstorbenen, Sequenna und Pratusicagus. Der Prunkwagen mit dem verstorbenen Herrscher wurde von acht Pferden gezogen. Acht weitere Druiden flankierten den Zug. Den Schluss bildete die Leibwache des Toten.

Wieder und wieder sangen die langsam schreitenden Druiden rhythmisch im Chor eine eintönige, immer wiederkehrende seltsame Melodie. Das trauernde Volk stand zu beiden Seiten der Prozessionsstraße. Alle grüßten ehrfurchtsvoll den toten Fürsten.

Die Prozession hielt vor dem Eichenhain, dem heiligsten Boden des Oppidums, an. Zwei weiß gekleidete Druiden kletterten in die Bäume und schnitten mit goldenen Sicheln Misteln ab. Während sieben ausgewählte weiße Stiere den Opfertod

starben, betete die versammelte Volksmenge zu den Göttern, für die die Opfergaben bestimmt waren. Misteln und das Blut der geopferten Stiere sollten die Kraft spenden, um den Toten sicher in das Reich der Ahnen zu geleiten.
Nach der Opferzeremonie wurde die sterbliche Hülle des Fürsten von den Druiden in das Grabmal getragen. Als Dagdatorix den Eingang der Grabkammer feierlich verschlossen und versiegelt hatte, blinkten am Firmament die Sterne.
Der Druide warf einen Blick nach Osten und sah, dass sich am Horizont die Göttin Airmid mit einem hellen Schimmer ankündigte, obwohl sie über den Bäumen des Waldes noch nicht zu sehen war.
»Wir müssen uns beeilen, die Statue des Verstorbenen zu weihen«, sprach Dagdatorix zu den anderen Druiden. »Die Göttin Airmid wird bald am Nachthimmel erscheinen.«
Mit großen Schritten machte er sich auf den Weg zum steinernen Altar, neben dem die Statue des toten Fürsten aufgestellt worden war. Die anderen reihten sich hinter ihm ein. Dagdatorix trat vor den Altarstein.
Zwölf Druiden und zwölf dafür ausgewählte Jungfrauen bildeten einen Kreis und schritten dann in der Richtung des Sonnenlaufs um den Altar. In den Händen hielten sie kleine funkelnde Spiegel aus poliertem Silber.
Dagdatorix übergab einer der Jungfrauen, die beim Beltainefest zur Priesterin geweiht worden war, das silberne Gefäß mit dem heiligen Wasser. Behutsam stellte das Mädchen das Gefäß auf den steinernen Altar.
Je länger die Druiden und die Jungfrauen den Altarstein umkreisten, desto mehr begann sich die Luft um sie herum mit einer unsichtbaren magischen Kraft aufzuladen. Es war unheimlich still. Kein Laut war zu hören. Auch der Wind hatte sich gelegt.
Dagdatorix hob nun die Arme. Die anderen folgten seinem Beispiel. »Wir verneigen uns vor der großen heiligen Göttin.« Er beugte sich vor und berührte mit den Fingerspitzen das Gras.

Die Priesterinnen drehten sich langsam tanzend in die vier Himmelsrichtungen. Als sie ihre Köpfe in den Nacken legten und die Augen nach oben richteten, glaubten sie die mythischen Kräfte der Göttin Airmid zu spüren.
Dagdatorix verneigte sich noch einmal in Richtung Westen und sprach: »Wir verehren unsere Ahnen, die vor uns den Weg gegangen sind. Wir ehren unseren verstorbenen Fürsten. Mögen seine Kraft und sein Vermächtnis ewig in seinem steinernen Bild weiterleben.«
Dann drehte er sich nach Osten, wo die Sterne im zunehmenden Mondlicht verblassten. Die Spannung stieg, als die anderen Druiden und die Jungfrauen seinem Beispiel folgten und sie alle auf die aufgehende Mondkugel warteten, die jeden Augenblick über dem Waldhügel aufsteigen würde.
Dann war es so weit. Funkelnder Schimmer erhellte den dunklen Himmel. Sie war da, die Göttin Airmid! Sie strahlte im warmen Silber des vollen Glanzes. Langsam stieg sie weiter am Himmel auf und ließ die Erde hinter sich. Schließlich schwebte der volle Mond strahlend und rein über dem Land.
Dagdatorix stimmte den Gesang eines uralten Rituals an: »Göttin Airmid, du lenkst all unsere Schritte.« Sein Gesang gewann mit jedem Ton an Kraft.
»Göttin der Weisheit«, stimmten die anderen Druiden ein. »Deine ewigen Strahlen des Wissens zeigen uns den Weg. Dein silbernes Licht fällt auf all die guten Taten unseres verstorbenen Fürsten.«
Dagdatorix breitete segnend die Arme aus und der mythische Klang des Druidengesanges erfasste die tanzenden Jungfrauen. Im Bann der beschworenen Kraft hoben sie gleichzeitig ihre Silberspiegel dem Schein des Mondes entgegen. Singend bildeten sie vor dem Altar einen Halbkreis und erhoben die Hände zur Göttin Airmid. Ihr Gesang wurde nun zu einem leisen rhythmischen Summen.
In den zwölf silbernen Spiegeln blinkten plötzlich silberweiße Strahlen, die geheimnisvoll über den Altarstein tanzten und auf

das Gefäß mit dem heiligen Wasser trafen. Das Wasser der heiligen Quellen fing unter den Mondstrahlen an zu blitzen und zu funkeln und verwandelte sich dabei in ein helles heiliges Licht. Plötzlich schien das heilige Licht zu pulsieren. Eine Zauberhand der Göttin formte die Strahlen zu einer Lichtgestalt des toten Fürsten.
Die Kraft, die magische Energie, das Wissen und das Vermächtnis des toten Fürsten an seine Nachkommen waren nunmehr in dem Wasser aus der heiligen Quelle verschmolzen.
Dagdatorix nahm das Gefäß zur Hand und besprengte mit dem Wasser mehrmals die Statue. Dann breitete er wieder beide Arme aus und rief beschwörend: »Göttin Airmid, Beschützerin des ewigen Lebens, hüte das Vermächtnis unseres Fürsten und bestrafe alle Frevler, die es wagen, seinen letzten Willen zu missachten.«
Die Zeremonie war damit beendet und die Statue würde nun für alle Ewigkeit eine unsichtbare Heilskraft ausstrahlen.
Nur wer diese geweihte Statue besaß, so stand es im Gesetz der Ahnen, konnte als rechtmäßiger Fürst herrschen.
Während die Druiden und Jungfrauen nach und nach aus der Trance erwachten, wurde das Ebenbild von Boutasages von jungen Kriegern auf dem Grabhügel weit sichtbar aufgestellt.

8. Kapitel

Nach den Tagen der Trauer versammelten sich in der heiligen Halle der Ahnen, die von zwölf Talglichtern erhellt war, die zwölf Druiden. Die Lichter leuchteten in hellen Flammen und strahlten einen mysteriösen Zauber aus, einen Zauber, der den toten Fürsten in das Reich der Ahnen begleiten sollte.
Elf Druiden bildeten schweigend einen Halbkreis und sahen ehrfurchtsvoll zu Dagdatorix, dem zwölften Druiden, auf.
Dieser saß würdevoll auf dem zeremoniellen Stuhl des Oberdruiden. Er hatte die schwere goldene Halskette und die Armreifen angelegt, die seine Stellung verkündeten. Er trug das weiße lange Gewand der Druidenpriester. In einem reich verzierten Gürtel hing an einem goldenen Haken sein kostbarer zeremonieller Dolch. In der rechten Hand hielt er den kunstvoll gearbeiteten Druidenstab. Seine Stirn zierte ein schmaler goldener Reif.
»Pratusicagus, der erstgeborene Sohn, und Sequenna, die Tochter des Boutasages, mögen vortreten«, rief Dagdatorix mit feierlicher Stimme.
Schwere Schritte klangen durch die Halle. Dagdatorix blickte auf. Es war Pratusicagus. Der Sohn des Fürsten trug einen bronzenen Brustpanzer und einen weiten, blauen, wollenen Umhang, der mit einer goldenen Fibel gehalten wurde. Ein prachtvolles Schwert hing an seinem reich verzierten Gürtel. Auf seinem blonden Haar saß ein Helm, auf dem eine Falkenskulptur angebracht war.
Sequenna folgte ihrem Bruder und trat vor Dagdatorix. Sie

trug ein langes, weißes Gewand, einen goldbestickten Gürtel und einen schmalen, bunten Stirnreif.
»Ich, Dagdatorix«, begann der Oberdruide feierlich, »habe euch kommen lassen, um das Vermächtnis eures Vaters zu verkünden. Der Verstorbene hat entschieden, dass ihr beide, Pratusicagus und Sequenna, gemeinsam zu Regenten ernannt werdet. Du, Pratusicagus, bekommst die Salzquellen und die Eisenhütten im Norden und du, Sequenna, erhältst das Oppidum und die Ländereien im Süden. Beide habt ihr gemeinsam zu regieren, euch gegenseitig zu achten, zu unterstützen und für immer Frieden zu wahren.
Nach fünf Jahreszeiten«, fuhr der Oberdruide fort, »so wünscht es euer Vater, wird darüber entschieden, wer von euch endgültig seine Nachfolge antritt.« Dagdatorix hatte seine Worte in einem ruhigen, respektvollen Ton vorgetragen.
Stumm und entsetzt vernahm Pratusicagus aus dem Munde des Druiden die letzte Botschaft seines verstorbenen Vaters. Sein Gesicht zuckte vor Zorn. Wütend ballte er die Fäuste. Sein kalter, hasserfüllter Blick traf Sequenna.
Auch Sequenna erschrak, als sie diese Botschaft hörte. Sie wollte »nein« rufen. Doch sie brachte keinen Ton heraus.
»Es gibt kein Gesetz, welches die weibliche Linie von der Thronfolge ausschließt«, betonte Dagdatorix. »Es gibt aber auch kein Gesetz, nach welchem man das Vermächtnis ablehnen kann«, fügte er hinzu.
Ein Raunen ging durch die Halle. Dann wurde es still, unheimlich still.
Nur mühsam beherrschte sich Pratusicagus. Doch zum Erstaunen der Anwesenden akzeptierte er schweigend den letzten Willen seines Vaters. »Meine Zeit wird kommen, sehr bald sogar«, grummelte er vor sich hin. Wütend, nach außen hin aber äußerst beherrscht verließ er die Halle der Ahnen und schritt mit erhobenem Haupt über den Platz, wo seine Eskorte bereitstand.
Dort angekommen, gab er den Befehl zum Aufsitzen, schwang sich auf sein Pferd und wollte mit seinen Begleitern abrücken.

»Pratusicagus«, rief Sequenna, die hinter ihm hereilte. »Pratusicagus, warte, ich will mit dir reden!« Pratusicagus antwortete nicht, er ignorierte sie. Doch Sequenna gab nicht auf. »Pratusicagus«, wiederholte sie mit fester Stimme. »Steig ab und hör mir zu! Du musst mir glauben. Ich wollte nicht, dass Vater mich zur Mit-Regentin bestimmt. Ich will keine Zwietracht zwischen uns. Wenn du nach fünf Jahreszeiten, so wie Vater es sich wünschte, ein Mann des Friedens wirst, werde ich meine Regentschaft an dich übergeben. Das verspreche ich dir!«
»Das versprichst du«, antwortete Pratusicagus gereizt. Sein Pferd tänzelte dabei aufgeregt. »Hör gut zu, Schwester, das glaube ich dir nicht! Du hast mich betrogen und dich bei Vater eingeschmeichelt. Du hast mir das genommen, wofür ich gekämpft habe und was mir nach dem Gesetz zusteht!«
Pratusicagus ließ Sequenna stehen und gab seinen Kriegern das Zeichen zum Aufbruch. Donnernd ritten die Reiter aus dem Oppidum.
Conall stand neben der jungen Fürstin. »Gib ihm Zeit, Sequenna«, riet er. »Das Vermächtnis deines Vaters hat ihn tief verletzt!«

9. Kapitel

Nach und nach erkannte Sequenna, was es bedeutete, Fürstin zu sein. Einerseits hatte sie eine hohe Machtstellung, andererseits war ihr Amt mit umfassenden Aufgaben verbunden.
Sequennas Zeit wurde dabei durch eine Vielzahl von Verpflichtungen in Anspruch genommen. Die Teilnahme an den Kulthandlungen der Druiden, der Empfang von Gesandten anderer Stammesverbände gehörten ebenso zu ihren Hauptpflichten wie zwischen streitenden Parteien Recht zu sprechen und zu schlichten.
Darüber hinaus war Sequenna bestrebt, das Handwerk und die Kunst zu fördern, Handelsbeziehungen weiter auszubauen und neue Freundschaftsverträge mit den Nachbarn zu schließen.
Ihr starker Arm war Conall, der als Befehlshaber des Heeres den Frieden sicherte und kriegerische Nachbarstämme in die Schranken wies.

Nach einem Jahr der Trauer beschlossen Sequenna und Conall, sich anlässlich des Beltaine-Festes zu vermählen.
Auf dem großen Platz jenseits der Steinringe drängte sich das Volk. Diesmal lag über dem Fest eine ganz besondere Erwartung.
Conall, der Bräutigam, hatte drei Ochsen geopfert. Sie wurden am Fuß des Hügels am Spieß gebraten. Das Fleisch sollte später hinauf zum Festplatz gebracht werden. Zu dem ausgelassenen Fest spendierte der Bräutigam Met für seine Gäste.

Conalls Blick richtete sich auf das Feuer, welches auf dem Hügel brannte. Er wusste, von dort aus war das nächste Beltaine-Feuer zu sehen, und so ging es weiter von Oppidum zu Oppidum. In dieser Nacht war das gesamte keltische Gebiet von einem Lichternetz überzogen.
Ein junges Mädchen verneigte sich vor Conall und bot ihm aus einem Korb getrocknete Waldbeeren in Honig an. Conall nahm sich ein paar Beeren und träumte von Sequenna, die er schon seit seiner frühesten Jugend liebte. Als er sie an diesem Morgen bei dem Ritual zur Ehren der Göttin Dana gesehen hatte, war er von ihrer Anmut und Schönheit noch mehr verzaubert worden.
Zum Dröhnen der Trommeln gesellten sich jetzt die Klänge einer Harfe. Drei junge Mädchen hatten ihr Instrument angeschlagen. Sie saßen neben den beiden Trommlern auf dem Boden und es dauerte nicht lange, bis sich eine Flöte mit ihrem hellen Ton in die Musik einmischte.
Fünf Mädchen sprangen auf und bewegten sich im Rhythmus der Musik. Andere Mädchen und einige junge Männer gesellten sich zu ihnen. Die Trommeln schlugen immer schneller und die Tänzerinnen wurden immer ausgelassener. Bald glänzten erste Schweißtropfen auf ihren Gesichtern.
Jede Veränderung bei den Tanzenden bildete eine fließende Bewegung, die kleinen Wellenringen im Wasser glich.
Conall schritt auf die tanzenden Mädchen zu. Er trug eine weiße Tunika und einen silbernen Gürtel. Auf seiner Brust glänzte eine Goldkette und seinen Kopf schmückte ein Kranz aus Eichenblättern.
Die Mädchen öffneten ihm eine Gasse. »Dies ist der Bräutigam unserer Fürstin«, flüsterten sie sich zu. Dann drängten sie sich um ihn und forderten ihn zum Tanz auf. Lachend nahm er eines der Mädchen bei den Händen. Er drehte sich mit ihr so ausgelassen im Kreis, dass sie atemlos zu Boden sank, als er sie losließ. Schon wartete die nächste, die er umarmte und dann einem von den jungen Tänzern überließ. Der Tanz wurde immer ausgelassener und immer schneller.

Aber dann brach plötzlich die Musik ab. Conall blickte zum Himmel auf. Die Sterne erreichten auf ihrer Bahn die mitternächtliche Stunde. Das Feuer war heruntergebrannt. Im ewigen Rhythmus der Kräfte kam der Wendepunkt der Nacht. Die feierliche Zeremonie der Vermählung konnte beginnen.
»Wo ist Sequenna?«, fragte Conall und sah sich suchend in der Menge um.
Dagdatorix, der Oberdruide, antwortete: »Du musst jetzt den heiligen Ring der Steine betreten. Rufe dort deine Braut und sie wird zu dir kommen.«
Conalls Augen strahlten, er drehte sich schweigend um und schritt in den heiligen Kreis. Vor dem Altar blieb er kurz stehen, zog sein Schwert und legte es ehrfürchtig auf den Stein. Er kniete kurz nieder und senkte andächtig sein Haupt. Dann stand er wieder auf und rief dreimal sehnsuchtsvoll »Sequenna!« in die Stille der Nacht.
Alle warteten. Aus der Ferne bewegte sich ein Lichterzug. Bald erkannte Conall die ersten Gesichter. Es waren die Priesterinnen. In ihrer Mitte schritt die Braut, bekleidet mit einer langen, schneeweißen Tunika. Auf dem Haupt trug sie einen Kranz aus Weißdornblüten.
Bei ihrem Anblick stockte Conall der Atem. Die Fackelträger hatten sich außen um den Ring der Steine verteilt. Als Sequenna den Steinkreis betrat und auf ihn zukam, schien das Licht der Fackeln heller zu werden und die Welt außerhalb des Kreises versank in der Dunkelheit.
Conall schwieg ergriffen, denn Worte hätten nicht ausdrücken können, was er in diesem Augenblick für Sequenna empfand.
»Du hast mich gerufen, Geliebter, und ich bin gekommen«, sagte Sequenna mit sanfter Stimme. Sie kam noch näher, legte ihm die Hände auf die Schultern und beugte den Kopf zurück, um sich von ihm küssen zu lassen. Conall neigte sich über sie und als seine Lippen die ihren berührten, nahm die göttliche Kraft der Liebe völlig Besitz von ihm.
Die Trommeln, die im ständigen Rhythmus schlugen, entfes-

selten einen plötzlichen lauten Wirbel. Erst eine Stimme, dann eine zweite stießen einen Freudenruf aus, und bald hallte das ganze Oppidum vom Jubel der Menschen wider.
»Sequenna und Conall sind hiermit vermählt!«, erklärte Dagdatorix feierlich.

Nach dieser mitternächtlichen Zeremonie lagerten die frisch Vermählten auf einem breiten Ruhebett aus weichen Fellen. Conall beugte sich über Sequenna und küsste sie zärtlich. Dann erwachte in ihm der ungestüme Liebhaber. Er umschlang sie fest und sie gab sich mit Wonne seinem Ansturm hin. Feuerkreise tanzten vor ihren Augen. Sequenna zwang sich, sie offen zu halten. Sie wollte Conall sehen und er sollte in ihre Augen sehen. Funken sollten überspringen und ein geistiges Band der Liebe schlagen. Sie ersehnte nicht nur die stürmische Verschmelzung ihrer Leidenschaft, sondern zwang ihn in ihren Bann. Conall lächelte glücklich und befreit. Sequenna dankte es ihm mit dem Funkeln ihrer blauen Augensterne.
Sie weinte vor Glück. Conall bedeckte ihr Gesicht mit Küssen und versank darin. So lagen sie lange. Sequennas Blondmähne kitzelte ihn, während seine Hände ihren Rücken liebkosten.

10. Kapitel

Doch das Glück währte nicht lange. Kurz nach Beltaine zogen die ersten Schicksalswolken über dem Glauberg auf. Das Verhängnis über das Vermächtnis des verstorbenen Fürsten nahm seinen Lauf.

Pratusicagus begnügte sich nicht mehr mit seinem Besitz im Norden. Allmählich begann er damit, sein Teilreich auszudehnen. Die Kriege richteten sich jedoch zunächst nicht gegen das südliche Gebiet, wo seine Schwester friedlich und ruhig regierte.

Sequenna beobachtete die ständigen Kriege an ihren Grenzen mit großer Besorgnis. Sie kannte das nördliche Land gut genug, um zu wissen, dass Pratusicagus dort bald auf menschenleere Wälder und unwegsame Gebirge stoßen würde. Ödes Land, das keine Beute bringen würde. Wohin aber würde Pratusicagus dann seine Truppen, die jahrelange Kriege gewohnt waren, lenken?

Im Sommer berichteten Kundschafter, Pratusicagus rüste für einen neuen Feldzug.

Im Oppidum auf dem Glauberg ging Sorge um. Die Fürstin berief im zweiten Jahr ihrer Regierung den Großen Rat ein, um zu beraten, welche Maßnahmen gegen ihren Stiefbruder zu unternehmen seien.

Sequenna und ihre Würdenträger versammelten sich in der Halle des Großen Rates. Dieser Saal hatte vier Flügel und einen kleinen Innenhof. An einer der langen Wände hingen Felle, Schilde, Speere und Schwerter. Dicke, gestreifte Wollteppiche lagen auf dem Boden.

Sequenna saß auf einem erhöhten Sitz, auf dem eine Decke aus Fuchsfellen lag.

»Ich habe euch rufen lassen«, begann Sequenna, »um eure Meinung zu erforschen. Ich vernehme immer wieder die gleiche Kunde aus dem Norden, dass mein Bruder rüstet. Warum rüstet er? Was meinen dazu meine Berater?«

»Ich denke, dass wir diese Aufrüstungen nicht länger ruhig mit ansehen können«, sprach Conall als oberster Heerführer mit Nachdruck. »Ich meine, dass der Krieg unvermeidbar ist.«

»Dann wäre das Unheil aus Boutasages Vermächtnis erwachsen«, warf Dagdatorix ein.

»Pratusicagus ist bereits erwachsen«, antwortete Conall. »Ich bin dafür, dass sich unsere Fürstin vorsieht. Ein mächtiges Heer ist das beste Argument gegen Aufmärsche und Rüstungen jenseits unserer nördlichen Grenze. Ich bin für die sofortige Aushebung aller wehrfähigen Männer.«

»Das bedeutet Krieg«, bemerkte Dagdatorix.

»Allerdings«, antworte Conall trocken. »Aber zu diesem Krieg wurden wir gezwungen.«

Sequenna sah lange vor sich hin, dann erklang ihre Stimme im Saal. »Ich will mir Gewissheit verschaffen und befehle, dass sich sogleich eine Abordnung zu meinem Bruder auf den Weg macht. Man bringe ihm die folgende Botschaft: ›Warum, so fragt Sequenna, hält ihr Bruder ein so großes Heer unter Waffen und wie steht er zu ihr?‹«

Der Rat nahm die Entscheidung der Fürstin an.

Eine Gesandtschaft reiste auf schnellen Pferden nordwärts, um Pratusicagus in seinem Oppidum aufzusuchen. Die Bauern, die auf den Feldern arbeiteten, die Fischer an den Flüssen und die Handwerker, die in Ton und Metall edle Gefäße formten, jubelten der Gesandtschaft zu. Der Erntefrieden lag über dem Land.

Das Getreide war zu Garben gebunden und das Heu zu Puppen aufgestellt. Die Felder bildeten ein goldenes Muster.
Aber das Bild änderte sich, als Sequennas Abgesandte die Grenzen zu Pratusicagus Machtbereich überschritten. Wo sie auch hinkamen, überall marschierten seine Truppen. Manchmal waren die Wege verstopft und sie mussten warten.
Der Delegation war nicht wohl zumute, als sie in Pratusicagus Oppidum einritt, das vom Lärm der Waffen klirrte. Die Männer überdachten den Inhalt ihrer Botschaft. Was sollte die zaghafte Anfrage von Sequenna gegenüber diesem kriegerischen Gepränge? Doch es war zu spät, um etwas anderes zu beschließen. Sie hatten nach dem Willen ihrer Fürstin zu handeln.
Pratusicagus empfing die Gesandten tags darauf. Er hörte sich deren Ansprache mit spöttischem Ausdruck an. Seine Arme waren über der Brust verschränkt.
»Ist das alles?«, fragte er arrogant.
Die Gesandten verneigten sich.
Pratusicagus ergriff mit der rechten Faust sein Prunkschwert, dessen Schaft mit Gold verziert war und antwortete mit einer drohenden Geste. »Dann bestellt meiner Schwester: Ich bin der rechtmäßige Fürst und dulde keine Einmischung in Maßnahmen, die nur mich etwas angehen.«
»Und was folgt daraus?«, stotterte der Führer der Gesandtschaft verlegen.
Pratusicagus lachte noch zorniger. »Ich rate meiner Schwester, ihre Regentschaft innerhalb von zehn Sonnenaufgängen abzugeben und mir die Alleinherrschaft zu übertragen. Tut sie es nicht, dann werde ich sie verjagen, notfalls auch töten. Verlasst mein Oppidum, sofort und jetzt!«, forderte er mit erhobener Stimme.

Die Delegation ritt noch schneller in den Süden zurück, als sie gekommen war.
Viele von Pratusicagus aufgehetzten Kriegern schwangen die Waffen drohend gegen die Reiter. Diese wussten, was dies zu

bedeuten hatte. Es bedeutete Krieg zwischen zwei Geschwistern, die beide das Blut des verstorbenen Keltenfürsten Boutasages in den Adern trugen.
Staubbedeckt galoppierten die Gesandten in das Oppidum Glauberg. Sie bahnten sich einen Weg zur Zitadelle, zügelten dort ihre Pferde und stiegen ab.
»Melde mich sofort der Fürstin«, befahl der Anführer einem der Diener. Dieser verneigte sich und meldete die Rückkehr der Gesandtschaft. Nach einer Weile kam er zurück und sagte: »Die Fürstin erwartet euch!«
Der Führer der Delegation betrat den Fürstensaal. Seine Augen waren gerötet, Haar und Bart voller Staub. Er nahm vor der Fürstin Haltung an, grüßte kurz und meldete atemlos: »Pratusicagus rüstet, überall marschieren seine Truppen.« Zögernd berichtete er der Fürstin von der ausgesprochenen Todesdrohung.
Sequenna erbleichte. Sie erkannte, dass es keine friedliche Lösung geben würde.
Noch am gleichen Tag berief sie den Großen Rat ein.

»Pratusicagus hat mein Angebot, Frieden zu halten, abgelehnt. Er hat sich für die Gewalt entschieden«, begann die Fürstin. »Seiner Forderung, ich solle zurücktreten und ihm die Macht alleine überlassen, kann ich nicht nachkommen. Täte ich dies, so würde ich gegen das Vermächtnis meines Vaters und gegen das Gesetz der Ahnen verstoßen. Er zwingt mich, seine Herausforderung anzunehmen und das geerbte Land gegen ihn zu verteidigen«, erklärte sie. »Bitte ratet mir, was zu tun ist.«
Conall meldete sich zu Wort. »Angriff ist unsere beste Verteidigung. Wir müssen ein schlagkräftiges Heer aufstellen, nach Norden ziehen und ihn in die Schranken weisen, bevor er unser Land verwüstet. Dafür brauchen wir jeden Mann. Was die Waffen betrifft, ist uns Pratusicagus zur Zeit überlegen. Er verfügt über wesentlich mehr Wurfspeere, Pfeile, Kurz- und Langschwerter als wir. Auch besitzt er Kampfwagen, die wir

nicht haben. Wir müssen sofort jeden verfügbaren Mann zu den Waffen rufen und alle Eisen- und Bronzevorräte unverzüglich ins Oppidum bringen. Dort müssen wir Schmieden einrichten und neue Waffen herstellen.«
»Und was ist dein Rat, Dagdatorix?«, fragte die Fürstin den Oberdruiden.
»Conall hat Recht«, antwortete dieser. »Wir müssen sofort handeln. Weitere Zeit dürfen wir nicht verlieren.«
Sequenna stimmte den Vorschlägen zu: »Veranlasst alles, was notwendig ist«, bat sie und beendete die Versammlung.

Als am anderen Morgen die Sonne ihre ersten goldenen Strahlen über den Glauberg schickte, herrschte dort bereits ein reges Treiben.
Berittene Boten mit Befehlen, die alle Männer zu den Waffen riefen, verließen das Oppidum. Conall hatte aus besonders zuverlässigen Männern eine Truppe zusammengestellt, der er den Auftrag erteilte, alle Eisen- und Bronzevorräte aus den umliegenden Schmieden zu sammeln.
Dieser Befehl war notwendig, da die Gefahr bestand, dass Pratusicagus versuchen könnte, sich dieser Metalle zu bemächtigen.
Zwei weitere Gruppen wurden beauftragt, das Vieh von den Weiden hinter die schützenden Ringwälle zu treiben. Sequenna hatte, um Vorräte anzulegen, dazu selbst den Befehl gegeben.
Gegen Mittag strömten die ersten Männer aus den Dörfern herbei, um dem Ruf ihrer Fürstin zu folgen, und aus der neu angelegten Waffenschmiede schlugen ohne Pause Hämmer auf Ambosse. Speere, Schilder, Helme, Kurz- und Langschwerter wurden geschmiedet und an die Krieger ausgegeben.
Es kamen immer neue Männer und das Heer wurde von Stunde zu Stunde zahlreicher.

Noch lebhafter war am folgenden Tag das kriegerische Bild vor den Toren des Oppidums. Auf einem Anger übte Conall mit seiner Reiterei und dem Fußvolk.

Sequenna beobachtete ihn. Sie staunte über die Geschicklichkeit, mit der er das Fußvolk, das sonst in wilden, zerstreuten Haufen Mann gegen Mann kämpfte, zu einer geschlossenen Formation vereinigte. Sie bewunderte die erhabene kriegerische Gestalt ihres Mannes und dessen Fähigkeit, ein Heer so zu führen.
Beruhigt lehnte sich Sequenna zurück. Es gab keinen fähigeren Heerführer als Conall.

Innerhalb kurzer Zeit war das neue Heer so weit gerüstet und gedrillt, um gegen Pratusicagus in den Krieg zu ziehen.

11. Kapitel

Kundschafter berichteten Pratusicagus, dass Sequenna ebenfalls ein Heer aufstelle und Conall mit dem Oberbefehl beauftragt habe. Pratusicagus zögerte nicht. Sein Heer, längst gewohnt, blitzschnell hierhin und dahin geworfen zu werden, stand im Nu auf den Beinen, sammelte sich und marschierte nach Süden.

Voran als Vorhut schwärmte ein Teil der Reiterei aus, dem ein Teil des Fußvolkes folgte. Dann kamen die Streitwagen aus Attika, die von flinken Pferden gezogen wurden und eine bedeutende Kampfkraft seiner Armee bildeten. Hinter ihnen trabte der Großteil der Reiterei. Bogenschützen und ein kleiner Teil der Reiterei beschlossen als Nachhut die Streitmacht.

Schon seit zwei Tagen marschierte man nach Süden und noch immer hatte man keine Feindberührung. Die Meldungen über den Gegner flossen spärlich und ergaben kein genaues Bild der Lage.

Gegen Abend ließ Pratusicagus das Heer anhalten und ein Lager aufschlagen. Er war müde und legte sich zum Schlaf nieder.

Kurz vor Mitternacht wurde er geweckt. Er erfuhr, dass das Heer von Conall im Schutz der Dunkelheit an seinem Lager vorbeigezogen sei.

Pratusicagus erblasste. Das konnte zweierlei bedeuten: Entweder wollte Conall unter Umgehung der Streitmacht direkt zu

dem Oppidum von Pratusicagus durchbrechen oder mit einer Umfassungsbewegung von hinten angreifen.
Sofort alarmierte Pratusicagus seine Unterführer. In wenigen Sätzen erläuterte er die Lage. Dass es Conall gelungen war, ungesehen an ihm und seiner Streitmacht vorbeizuziehen, erzürnte ihn und traf ihn in seiner Kriegerehre.
Der Feldherr gab klare Befehle. Ein Teil der Reiterei sollte sogleich aufbrechen, den Feind überholen und ihm den Weg zum Oppidum absperren. Das Gros der Streitmacht sollte dann am frühen Morgen angreifen.

Doch Conall war mit seinem Heer nicht weitergezogen. Er hatte sich im Rücken des feindlichen Lagers auf einer Hügelkette festgesetzt.
Pratusicagus erkannte sofort, dass er in diesem Gelände – der Gegner auf der Hügelkette, er selbst in der Ebene – kaum Chancen hatte, seine Streitwagen und seine Reiterei einzusetzen. Deshalb beschloss er, die Reiterei auf dem rechten Flügel aufzustellen und die Schlacht zu beginnen.
Laut riefen die Hörner zum Angriff. Während seine Streitwagen nur wenig vorrückten, um aus der Reichweite der gefährlichen Pfeilschützen zu bleiben, preschte mit wildem Geschrei sein Fußvolk bis zu den Höhen der Hügel vor.
Dort schickten sie ihre Speere gegen den Feind und versuchten bis zu den feindlichen Linien vorzudringen.
Conalls Krieger empfingen diesen Angriff mit einem Pfeilhagel, der erhebliche Verluste unter den Angreifern anrichtete. Doch Pratusicagus Kämpfer ließen nicht locker. Immer wieder setzten sie zu einem neuen Angriff an und rannten, die Speere werfend, den Hügel hinauf. Noch dreimal wurde dieses Manöver wiederholt, ohne dass sich Conalls Krieger aus ihrer Stellung locken ließen.
Pratusicagus wurde unruhig. Wenn das so weiterginge, fürchtete er, würde bald die Nacht hereinbrechen, ohne dass eine Entscheidung gefallen wäre. Der Gegner musste hervorgelockt werden.

Beim nächsten Angriff schickte Pratusicagus seine Bogenschützen mit vor, die im entscheidenden Augenblick einen Geschosshagel auf Conalls Stellungen niederprasseln ließen. Das bewirkte, dass seine Krieger fast ohne Verluste an die Stellungen herankamen.

Diese gefährliche Nähe löste auf der anderen Seite eine große Nervosität aus. Conalls Fußtruppen gingen nun ihrerseits zum Angriff über und trieben die feindlichen Krieger ins Tal zurück.

Pratusicagus erkannte sofort die Blöße, die sich für den Gegner im Tal ergab und sandte seine Streitwagen aus Attika ins Gefecht.

Am Fuß der Hügelkette prallten beide Heere aufeinander und im Nu dröhnte die Ebene vom Waffenlärm. Hieb um Hieb und Stoß um Stoß klirrten Schwerter und Lanzen und brachten Wunden, Blut und Tod.

Pratusicagus dirigierte kühl den Angriff. Noch hielt er seine Reiterei in Reserve, da er nicht wusste, wie stark die gegnerische Reiterei war. Die Fußtruppen und die Kampfwagenbesatzungen verbissen sich zäh ineinander, ohne dass sich abzeichnete, zu welcher Seite sich das Kriegsglück neigte.

Am späten Nachmittag, als auf beiden Seiten die Kräfte zu erlahmen begannen, nahmen Conalls Truppen erneut alle Energien zusammen.

Fußvolk und Reiterei stürmten ohne Schlachtordnung unberechenbar und heftig unter lautem Kriegsgeschrei dem Feind entgegen. Die Männer warfen sich in den Einzelkampf und hieben mit den Schwertern auf die Gegner ein.

Auch Conall kämpfte in der vordersten Reihe. Die Gegner fielen reihenweise unter seinem Schwert. Kaum dass er einen der gegnerischen Krieger erledigt hatte, wandte er sich dem nächsten zu.

In der Mitte des Kampfgetümmels erblickte er einen hochgewachsenen Krieger, über dessen Brustschild ein farbiger Umhang flatterte. Es war Pratusicagus.

»Hier ist er, der Verräter!«, rief Conall und reckte seine Lanze empor. »Vorwärts«, brüllte er, »für Sequenna, unsere Fürstin!« Der Ruf erhob sich wie ein Donnerhall, als Conall mit zehn Reitern auf den Gegner stürmte. Ein eiserner Keil, dessen Spitze genau auf den Punkt zielte, an dem Pratusicagus sich gerade befand. Die wenigen Krieger, die in Pratusicagus Nähe geblieben waren, strömten hastig zusammen, um einen Schutzwall zu bilden. Doch Conalls Angriffskeil sprengte die Schutzmauer aus Leibern und schlug eine Bresche durch die feindlichen Reihen.

Conall richtete seine Lanze auf den ersten Gegner und durchbohrte ihm mit einem wuchtigen Stoß die Brust, dass der Schaft der Lanze zersplitterte. Der Mann stürzte kopfüber und riss die zerschmetterte Lanze mit sich. Nur mit dem Schwert griff Conall in wilder Entschlossenheit die Gegner an. Er hieb mit wuchtigen, weit ausholenden Schlägen nach links und rechts, stach und hackte sich den Weg zu Pratusicagus frei.

Langsam, Meter um Meter, wichen Pratusicagus Krieger vor der Attacke zurück. Dann, von einem Augenblick zum anderen, war der Weg frei. Conall trieb sein Pferd auf Pratusicagus zu.

»Ergib dich!«, rief er, um den Kampfeslärm zu übertönen. »Ergib dich, und du bleibst am Leben!«

Als Antwort schlug Pratusicagus mit dem Schwert zu. Conall wehrte den Hieb ab. Verbissen kämpften sie Mann gegen Mann. Ein Gefecht zweier Gegner, die an Kraft und Waffenkunst gleichwertig waren. Plötzlich stürzte in der Nähe ein Pferd von einem Pfeil getroffen zu Boden. Conalls Ross scheute mit schrillem Wiehern. Sofort nutzte Pratusicagus diesen Vorteil, indem er einen genau gezielten Hieb auf Conalls Hals führte. Conall duckte sich. Der Hieb verfehlte knapp sein Ziel. Nun war Pratusicagus für kurze Zeit ohne Deckung. Conall nutze diese Chance und schlug mit voller Kraft zu. Pratusicagus konnte zwar den entsetzlich geführten Schwerthieb parieren, verlor jedoch dabei das Gleichgewicht. Er rutschte seitlich vom Pferd und schlug dumpf auf dem Boden auf.

Sein runder, nunmehr gespaltener Falkenhelm löste sich vom Kopf. Ein vom Schmerz verzerrtes Gesicht kam zum Vorschein. Conall, der glaubte, er hätte Pratusicagus tödlich getroffen, zügelte sein Pferd und schrie immer wieder: »Sieg, Sieg, Sieg!« In diesem Siegestaumel bemerkte er nicht, wie weit er sich in die feindlichen Reihen vorgewagt hatte. Dies war ein verhängnisvoller Fehler.

Als er das erkannte, war es bereits zu spät. Drei Dutzend feindlicher Reiter hatten ihn und seine Kampftruppe umringt und versperrten ihnen den Rückweg. Indem sie einander die Flanken deckten, versuchten Conall und seine Leute verzweifelt durch einen massiven Gegenangriff den Ausbruch aus der Umzingelung zu schaffen. Mit wilder Entschlossenheit kämpften sie sich durch den Ring und schafften den Durchbruch.

Währenddessen erhob sich Pratusicagus mühsam. Noch benommen stieg er auf sein Pferd und beobachtete mit Genugtuung das wirre Kampfgeschehen.

Er setzte sich an die Spitze seiner restlichen Reiterei und warf diese mit voller Wucht gegen Conalls Krieger. So gelang es ihm, die Lage der Schlacht zu wenden. Der Reiterangriff gab den Fußtruppen genug Zeit, sich wieder zur ordnen. Nachdem sie aufgestellt waren, griffen sie erneut an. Dieser heftige Ansturm gab den Ausschlag.

Trotz tapferer Gegenwehr konnte Conall der fast dreifachen feindlichen Übermacht nicht standhalten. Nach und nach begannen seine Krieger zu wanken und gerieten in wirre Unordnung. Die ersten Reihen in seiner Schlachtordnung begannen sich aufzulösen. Es war eine katastrophale Niederlage.

Verzweifelt schaute Conall auf das Feld. Seine einzige Hoffnung war ein einigermaßen geordneter Rückzug. Nur mühsam gelang es ihm, seine fliehenden Truppen zu ordnen.

Er hatte diese entscheidende Schlacht verloren. Niedergeschlagen befahl er den Rückzug zum Glauberg.

12. Kapitel

Sequennas Lage war nach der verlorenen Schlacht verzweifelt. Pratusicagus hatte die Dörfer in der Ebene besetzt und zwangsweise seinem Machtbereich einverleibt. Sequennas Teilreich war sozusagen auf ein drei Quadratkilometer großes Dreieck geschrumpft, das die Umwallung des Oppidums darstellte. Sequenna hatte noch Anhänger, doch unter den fünfzehntausend Bewohnern des Oppidums befanden sich vor allem Frauen, Kinder, Bauern und Handwerker, die im Kriegshandwerk völlig unbewandert waren. Nur knapp tausend erfahrene Krieger gab es noch. Man richtete sich auf eine längere Belagerung ein.
Trotz allem hatte Sequenna noch zwei Trümpfe in der Hand. Ihr oberster Befehlshaber Conall war ein ganz außerordentlicher Mann. Durch seine Energie, Kühnheit und Geschicklichkeit hatte er seinem Fürsten schon so manchen Dienst erwiesen. Sequennas zweiter Trumpf war das Oppidum selbst, das bisher noch nie erobert worden war.
Nahezu fünfzehntausend Menschen, Handwerker, Händler, Krieger und Bauern lebten in dieser großen keltischen Stadt. Die fünf Mann hohen, mit Palisaden versehenen Ringwälle und ebenso tiefe und breite Gräben schützten das Oppidum vor unerwünschten Eindringlingen. Drei gewaltig breite Zangentore im Westen, Osten und Süden bildeten Durchlässe durch die Befestigungswälle. Diese Toranlagen waren für den Feind zusätzliche Erschwernisse, in das Innere zu gelangen. Die Wälle waren dort auf beiden Seiten rechtwinklig nach innen bis

zum eigentlichen Tor gezogen. Sollten Feinde in die Torgasse vordringen, könnten sie auf einer Länge von fünfzehn Metern von oben her wirksam mit Wurfspeeren, Steinen und Pfeilen bekämpft werden.
Im Norden wurde die Stadt durch die auf dem Plateau errichtete Zitadelle mit zehn Meter hohen Befestigungsmauern geschützt. Diese Mauern verliefen in zwei parallelen Linien, wobei die innere Mauer durch sechs große, viereckige Türme verstärkt war. Außerdem fiel der größte Teil dieser Verteidigungswälle auf zwei Seiten steil gegen das Tal hin ab.

Zwei Tage nach der gewonnenen Schlacht ließ Pratusicagus seine Krieger zum Sturm auf das Oppidum antreten. Als seine Kämpfer zu den Ringwällen gelangten, war es dunkel, so dass sie zunächst unentdeckt blieben und ihr Überraschungsangriff erfolgreich war. Die Bogenschützen schossen unaufhörlich Brandpfeile in die Siedlung. Andere versuchten mit Hilfe von Leitern die Wälle zu erklettern, um die Verteidiger mit Speeren, Spießen, Äxten und Schwertern zu bedrängen. Sie zeigten während des Angriffs viel Mut und Tapferkeit.
Es war das Verdienst von Conall und seinen zweihundert Kriegern der Kerntruppe, dass es gelang, den wilden Angriff erfolgreich abzuwehren. Conalls Kämpfer hatten einen großen Vorteil: Sie kämpften von den hohen Ringwällen herab und überschütteten die Angreifer von oben mit Speeren, Steinen und Pfeilen.
Der Kampfesmut der Krieger kannte keine Grenzen: Jeder wollte siegen. Die Angreifer wollten auf Biegen und Brechen den Einfall in das Oppidum erzwingen. Die Verteidiger leisteten tapfer erbitterten Widerstand. Endlich, nach einem dreistündigen, heftigen Gefecht, zwangen die Verteidiger dank ihrer heldenhaften Ausdauer Pratusicagus Krieger zum Rückzug.
Dieser gab die Hoffnung, das Oppidum schon am ersten Tag erobern zu können, widerwillig auf und kehrte in sein Lager zurück.

Die Belagerung des Oppidums dauerte bereits zehn Tage. Achtmal hatte Conall die Angreifer erfolgreich abgewehrt. Doch dann kam der dramatische elfte Tag.

Seit dem frühen Morgen ging im Westbereich des Oppidums ein Hagel von Brandpfeilen nieder. Im Schutz des Pfeilhagels erreichte der Feind den äußersten Wall. Er stellte dort Dutzende von Leitern auf. Wilde Gestalten kletterten die Leitern hoch, die von anderen festgehalten wurden. Der Waffenlärm der Kämpfenden erreichte seinen Höhepunkt. Die Situation wurde für die Verteidiger kritisch. Aber die Belagerten blieben kaltblütig. Sie stießen die Leitern um, an denen die Feinde wie Trauben hingen, erschlugen die, welche wie durch ein Wunder die oberen Sprossen erreicht hatten, und bedeckten ihre Ausgangspunkte mit gewaltigen Felsbrocken.

Mit einem solchen Widerstand hatten die Angreifer nicht gerechnet. Ihre Angriffswut ließ nach, sie verloren den Zusammenhalt und versuchten, sich davon zu machen. Schweißtriefend und mit bebenden Muskeln konnten sich die Verteidiger ausruhen. Für einen Augenblick legten sie die Waffen aus der Hand.

Aber da brach schon wieder der Lärm los! Die zweite Welle von Kämpfern wogte gegen die Wälle. Wilde Angst befiel die Verteidiger. Wer noch eine Waffe tragen konnte, eilte auf die Wälle. Die Zeit drängte. Die Angreifer hatten bereits den Wall erklommen und standen vor der Palisade. Überall wurden Strickleitern befestigt, an denen Menschen unter dem Schutz großer Schilde emporkletterten.

Trotz ihrer Erschöpfung waren die Verteidiger wieder auf ihren Posten. Immer wieder rissen sie Leitern ab, überschütteten den Feind mit Lawinen aus Steinen und Felsblöcken. Drei Stunden kämpften sie ununterbrochen.

Mit letzter Kraft gelang es ihnen, im erbitterten Nahkampf die Angreifer noch einmal zurückzuschlagen. Unter furchtbaren Verlusten mussten Pratusicagus Krieger das Schlachtfeld räumen.

Ein großartiger Erfolg. Aber Conall erkannte, dass das Oppidum langfristig nicht zu halten sein würde.

Der Feldherr stand über einen Kasten aus Ton gebeugt, in dem eine Reliefkarte den Verlauf der Ringwälle, des Oppidums und der Zitadelle zeigte.
Er erklärte Sequenna und seinen Führern die wesentlichen Verteidigungsformationen und zeigte dabei auf die Stellen, wo er die nächste Angriffswelle erwartete.
»Notfalls müssen wir uns in die Zitadelle zurückziehen und von dort die Verteidigung neu organisieren«, riet Conall.
Seine Truppenführer stimmten ihm durch Kopfnicken zu.
Dagdatorix meldete sich zu Wort. »Zwischen der Zitadelle, der Halle der Ahnen und dem Grabmal existiert ein altes Labyrinth, von dem ein Geheimgang nach Westen führt. Dieser Tunnel ist unser Fluchtweg, wenn wir die Zitadelle nicht mehr halten können«, erklärte der Oberdruide.
»Doch vorher gibt es noch etwas Wichtiges zu tun«, bestimmte Dagdatorix. »Die geweihte Statue des Boutasagus darf unter keinen Umständen in die Hände von Pratusicagus fallen. Wir müssen diese von dem Grabhügel entfernen und an einem sicheren Ort verstecken. Die Heilswirkung der Statue«, erklärte er weiter, »darf von Pratusicagus auf keinen Fall missbraucht werden. Wenn er der Statue habhaft werden könnte, würde er, der Verräter und Frevler, rechtmäßiger Fürst werden. Rettet dieses Heiligtum und versteckt es vor ihm. Bewahrt es für die Ewigkeit«, beschwor er die Anwesenden mit Nachdruck.
Conall war sich klar darüber, dass die Statue noch in der gleichen Nacht in Sicherheit gebracht werden musste. Der entscheidende Angriff des Gegners stand bevor und die Zeit drängte.
Gemeinsam mit Dagdatorix wählte er zehn zuverlässige Männer für dieses geheime Unternehmen aus.
Es war kein einfacher Auftrag. Nur mühsam gelang es, die Statue von der Spitze des Grabhügels zu entfernen. Bei dieser Arbeit konnte trotz aller Vorsicht nicht verhindert werden, dass beim Abseilen eines der Seile riss. Die Statue rutschte mit voller Wucht zu Boden, prallte auf, dabei brachen die Füße ab. Zum Glück blieb sie sonst ohne Schaden.

Mit größter Vorsicht wurde sie ins Labyrinth getragen. Dagdatorix schritt mit einer Fackel voran und hielt schließlich an einem der vielen Seitengänge an. Er ließ die Statue dort niederlegen und gab Anweisung, die Zugänge der Nische und die des Teillabyrinths so zuzuschütten, dass ein Uneingeweihter sie nicht mehr finden konnte. Dagdatorix ahnte nicht, dass die Statue für Jahrhunderte verschollen bleiben würde.

In der Morgendämmerung kam der Angriff wie erwartet. Schon am Tage zuvor hatte Conall die Evakuierung der noch im Oppidum verbliebenen Frauen und Kinder angeordnet. Oben in der Zitadelle waren sie vorerst in Sicherheit.
Mit wildem Gebrüll griffen Pratusicagus Horden an. Vor den Ringwällen machten die Bogenschützen Halt und eröffneten ihren strategisch wichtigen Pfeilhagel, der den Verteidigern verbot, ihre Deckung zu verlassen. So konnten die Sturmtruppen in aller Ruhe ihre Leitern anlegen.
Der Lärm wurde immer wüster. Überall herrschte tobendes Chaos. Hunderte Stimmen schrien: »Auf die Wälle! Zu Hilfe!« Die ersten feindlichen Krieger tauchten mit wild verzerrten Gesichtern auf den Palisaden auf.
Nicht alle Leitern konnten umgeworfen werden. Der Feind gewann an Boden, drang ins Innere des Oppidums vor.
Wilder Nahkampf überall. Conall und seine kleine Heldenschar schlugen mit den Schwertern drein, stießen mit Lanzen zu, hackten mit Äxten drauf. Wo fanden sie nach so vielen mühevollen Stunden noch die Kraft und den Mut zum Kampf?
Und dennoch, einer gegen hundert, hielten sie dem Druck des Feindes stand, lieferten sogar erfolgreiche Gegenangriffe. Würde der Feind noch einmal in die Flucht geschlagen werden? Schon wankte er. Trunken vor Freude, glaubte Conall, dem Sieg nahe zu sein.
Aber dann ereignete sich etwas Entscheidendes. Von dem östlichen Wall erscholl ein tierisches Triumphgebrüll. Conall blieb wie erstarrt stehen.

»Sie sind durchgebrochen!«, schrie er. Jetzt würde die Schlacht zum Gemetzel werden.
Sie mussten in die Zitadelle zurückweichen. Conall sammelte seine Kerntruppe, um sich durch die Straßen zurückzuziehen. Aber Pratusicagus Horden hatten den Ostteil des Oppidums in Brand gesteckt, und das Feuer breitete sich schnell aus. Die Straßen waren voll von wilden, blutbespritzten Kriegern. Conall drängte sich hindurch, bis er das Haupttor der Zitadelle erreichte. Dort verteidigte er mit zwanzig Männern den Zugang und wollte die Tore zuschwingen lassen. Doch feindliche Bogenschützen kamen heran und der erste Pfeilhagel sauste auf die Verteidiger nieder. Ein Pfeil traf einen der Krieger in den Hals.
»Keine Deckung hier«, rief Conall. »In die Zitadelle und die Tore zu!«
Der zweite Pfeilschauer pfiff heran. Ein Pfeil streifte Conalls Helm und ein zweiter durchschlug seinen Brustpanzer. In letzter Sekunde, ehe der dritte Pfeilhagel heranschwirrte, konnte das Tor geschlossen werden.
Auf ihre blutigen Waffen gestützt, holten die Männer Atem und lockerten die Helme. Dann sah einer der Unterführer seinen Feldherrn an.
»Was ist mir dir, Conall?«
»Ich bin getroffen«, antwortete er. Der Pfeil steckte in der Brust unter der linken Achselhöhe. »Es schmerzt nicht«, sagte Conall, »schlimm kann es also nicht sein.«
Augenblicke später überkam ihn eine Ohnmacht. Seine Beine gaben nach. Der Feldherr stürzte zu Boden. Unter seinem Brustschutz quoll Blut hervor. Sequenna eilte herbei und schleppte zusammen mit zwei Kriegern den Bewusstlosen in einen schützenden Raum.
Nach einigen Anstrengungen gelang es ihnen, den Schwerverwundeten auf ein weiches Lager von Fellen zu betten. Mit zittriger Hand versuchte Sequenna seinen Pulsschlag zu fühlen. Wenn auch nur zaghaft und leise – das Herz schlug noch.

Daraufhin begann sie, den Brustpanzer von seinem Oberkörper zu lösen, entfernte vorsichtig das blutverschmierte Gewand und wusch das Blut aus seiner Wunde.
Sequenna saß an seiner Seite, hielt seine Hände und blickte ihm in die Augen, bis sein Atem im gleichen Rhythmus wie der ihre ging. Dann begann sie, die offene Wunde mit einer blutstillenden Kräutertinktur, wie sie die Druiden benutzen, zu betupfen.
»Sei unbesorgt«, flüsterte sie. »Du wirst wieder gesund. Es wird alles wieder gut. Wenn du vorsichtig ausatmest, lässt der Schmerz nach.«
Sein Herzschlag festigte sich, aber er war schwach, sehr schwach. Sie schwiegen eine Weile, dann weiteten sich seine Augen.
»Die Schmerzen sind verschwunden, Liebste.«
Seine Augen richteten sich auf sie, doch Sequenna glaubte nicht, dass er sie sah. Sie spürte, wie sich der Griff seiner Finger um die ihren verstärkte. Conall schloss die Augen, um sie nach kurzer Zeit zum letzten Mal zu öffnen.
»Leb wohl, Sequenna«, flüsterte er mit leiser Stimme. »Ich liebe dich!«
Dann ließ er ihre Hände los und damit auch das Leben. Sein Kopf fiel zur Seite. Er starb als Held, der bis zum Ende gekämpft hatte, friedlich in den Armen seiner Sequenna.

In tiefer Trauer nahm Sequenna Abschied von ihrem geliebten Conall, der ein Ehrengrab neben dem toten Fürsten erhielt. Seine Beisetzung erfolgte über einen geheimen Gang, der mit der Zitadelle verbunden war.

13. Kapitel

Pratusicagus starrte im eroberten Oppidum voller Entsetzen auf die Spitze des Grabhügels.
Die geweihte Statue des toten Fürsten war verschwunden. Abergläubische Furcht und Schaudern ergriffen ihn.
Gelänge es ihm nicht, diese Statue bis Samhain wieder auf dem Grabhügel aufzustellen, würde auf ihm, dem Frevler und Thronräuber, ein tödlicher Fluch lasten.
»Bringt mir die Statue«, befahl er seinen Kriegern. »Erobert die Zitadelle, Sequenna muss sie dort versteckt haben.«

Nach Conalls Tod geriet die Verteidigung des Glaubergs ins Wanken. Vergeblich versuchten Sequenna und Dagdatorix die restlichen Krieger zusammenzuhalten und ihren Mut neu zu beleben.
Die wenigen noch verbliebenen Verteidiger gerieten in Panik und verhandelten heimlich mit Pratusicagus.
»Du musst fliehen, Sequenna, jetzt sofort«, beschwor sie der Oberdruide. »Ich habe für dich fünf tapfere, zuverlässige Krieger ausgewählt, die dich begleiten werden. Flieh nach Attika, in das Land deiner Mutter«, riet er ihr. »Man wird dich dort willkommen heißen. Zeig dort diesen Ring. Er weist dich als Tochter der Ariane aus dem Geschlecht von Tilos aus. Du bist Keltin und Griechin zugleich. Du sprichst die Sprache deiner Mutter. Attika soll für dich eine neue Heimat werden.«
Dagdatorix entnahm einer Schatzschatulle einen kunstvoll aus

Gold gefertigten Ring. Eine kleine Figur, die eine griechische Göttin darstellte, und fein gearbeitete Ornamente schmückten ihn.

Sequenna betrachtete den Ring nachdenklich. »Ist dies der Ring meiner verstorbenen Mutter?«

»Ja, Fürstin«, antwortete Dagdatorix ehrfurchtsvoll. »Dies ist der Ring deiner lieben Mutter! Er besitzt magische Kräfte und er wird dir den Weg nach Attika weisen.«

Sequenna streifte den Ring über ihren Finger. »Ich danke dir Dagdatorix. Wenn ich jetzt schweren Herzens fliehe und mein Volk im Stich lassen muss, so habe ich noch eine letzte Bitte an dich. Lass nicht zu, dass Pratusicagus weitere Kriege führt. Bekehre ihn zum Frieden und verwirkliche so das Vermächtnis meines Vaters.«

Der Unheil kündende Waffenlärm vor der Zitadelle wurde immer lauter und rückte näher.

»Es bleibt keine Zeit mehr«, mahnte Dagdatorix. »Bitte beeile dich, Sequenna!«

Sequenna folgte dem Oberdruiden zu dem Geheimgang, vor dem die fünf Krieger Riannon, Cuchulain, Eilned, Balor und Gwern auf ihre Fürstin warteten.

Alle fünf waren kampferprobte junge Männer, die weder Tod noch Teufel fürchteten.

Riannon, der Älteste von ihnen, trug einen flachen Helm aus Bronze und über seiner braunen Tunika einen Lederwams sowie Sandalen mit Riemen. Er war von Dagdatorix zum Führer der kleinen Gruppe erwählt worden. Seine Schrammen und Narben sprachen für seine Tapferkeit und langjährige Kampferfahrung. Schwielen von geheilten Schwertwunden leuchteten weiß auf den kräftigen, braunen Armen, sein linkes Ohr war durch einen Hieb abgetrennt und seine rechte Wange war mit einer noch blutenden, frischen Stichwunde verziert. Bewaffnet war er mit einem Eisenschwert, einem Bronzedolch und einem keltischen Rundschild.

Die anderen vier Krieger waren groß, muskulös und sonnen-

gebräunt mit noch frisch blutenden Kampfspuren. Sie trugen halblanges, nach hinten gebundenes Haar und waren ähnlich wie Riannon bekleidet und bewaffnet.
Ehrfurchtsvoll grüßten sie die Fürstin.
»Ich habe euch dazu ausgewählt«, begann Dagdatorix, »unsere Fürstin zu beschützen und bis nach Attika zu begleiten. Wollt ihr diese Aufgabe gewissenhaft erfüllen?«
»Ja, Herr!«, antworteten die fünf gemeinsam.
»Dann gelobt eurer Fürstin ewige Treue bis in den Tod«, forderte der Oberdruide.
»Wir geloben Treue bis in den Tod!«, schworen die fünf Krieger feierlich und verbeugten sich vor Sequenna.
»Die Götter mögen euch beistehen«, sprach Dagdatorix feierlich und begann mit Hilfe eines Hebels zwei schwere Steine wegzurollen. Auch die fünf Männer packten kräftig mit an, bald bewegten sich die beiden Kolosse und gaben den Geheimgang frei. Die fensterartige Öffnung ließ Taghelle und Licht hereinströmen.
Sequenna umarmte noch einmal ihren väterlichen Freund. Sie spürte dabei, dass sie ihn nie wiedersehen würde. Dann stieg sie in den engen niedrigen Gang. Die ersten 200 Meter musste sie mit ihren fünf Begleitern auf dem Boden kriechen. Der Gang sah aus, als hätte sich einst eine riesige Schlange durch den Bauch der Erde gewunden und ihre abgestoßene Hülle zurückgelassen.
Dann wurde der Gang allmählich höher und breiter. Gwern zündete eine Fackel an und schritt als Erster voran.
Immer wieder musste Sequenna auf die am Boden liegenden Steine achten. Sand rieselte von der Decke des Ganges. Der Weg war unheimlich und glich der Unterwelt. Es dauerte Stunden, Stunden der Ungewissheit und der Verzweiflung. Dann kam plötzlich ein schwacher Lichtschimmer.
»Wir sind durch«, rief Gwern erleichtert.
Aber erst nach einer weiteren Stunde mühevoller Räumungsarbeit war die Öffnung für den Durchschlupf der Flüchtenden groß genug.

Sequenna war voller Lehm und Staub. Ihr langes Kleid hing ihr zerfetzt am Leib.
Es war eine dunkle, unheimliche Gewitternacht. Regen prasselte in Strömen nieder und verwandelte die Fußpfade zu Schlammpfützen. Ein heftiger Ostwind bog die Bäume, Blitze zuckten am Himmel. Ein grollender Donner folgte.
»Wir müssen weiter«, drängte Riannon. »Wir haben keine Zeit zu verlieren!«
Die Flüchtenden hasteten weiter, durch Wälder und über Wiesen. Zäh erklommen sie die ersten Berge. Dann aber, als die Sonne im Zenit vom Himmel brannte, gönnten sie sich die erste Rast. Vor Erschöpfung fielen sie in einen tiefen, bleiernen Schlaf.

Ausgeruht, aber sorgenvoll zogen sie am folgenden Tag weiter. Mittags machten sie kurz an einer Quelle Rast, um etwas zu essen. Dann eilten sie weiter.
Die geschwungenen Hügel wurden breiter und flacher. Dann tat sich vor ihnen eine Ebene auf. Bäume rauschten im Wind. Die Wälder teilten sich in kleine Baumgruppen auf.

14. Kapitel

Etwa zur gleichen Zeit, als Sequenna mit ihren Begleitern die südlichen Berge (den Spessart) durchquerte, bot Dagdatorix schweren Herzens Pratusicagus die Übergabe der Zitadelle an. Im Fürstensaal empfing er ohne Erregung den triumphierenden Sieger. Dagdatorix freute sich, dass Sequenna in Sicherheit war und er deshalb Pratusicagus ruhig und unerschrocken gegenübertreten konnte. Nur sein Stolz litt ein wenig, weil er, der Oberdruide, sich dem Willen des Thronräubers beugen musste.

Überrascht begann Pratusicagus in versöhnlichem Ton: »Wir wollen Frieden schließen, Dagdatorix. Du wirst der oberste Priester bleiben. Du sollst aber auch mein Berater und der zweite Mann in meinem Fürstentum werden.«

Doch Dagdatorix schwieg.

»Höre weiter, Druide«, rief Pratusicagus jetzt ungeduldig. »Ich fordere von dir nur eines: Schaff mir die geweihte Statue meines Vaters herbei!«

Dagdatorix' Herz schlug hart vor Erregung. »Was willst du, Pratusicagus? Rechtmäßiger Herrscher willst du sein? Das geweihte Heiligtum unseres Volkes soll ich dir übergeben? Und wenn ich mich weigere?«

»Überleg es dir gut, Priester«, antwortete Pratusicagus in drohendem Ton. »Ich bin der Erstgeborene und erhaben über meine törichte Schwester, die sich einbildet, mir die Alleinherrschaft streitig machen zu können«.

Dagdatorix' Wangen waren hochrot vor Zorn. »Warum schmähst du deine Schwester? Wie kannst du so von ihr reden? Sie wollte nicht herrschen, sie wollte helfen, das Volk deines Vaters in Frieden zu regieren, wozu du nicht fähig bist. Du bist ein gemeiner Thronräuber, Pratusicagus, und der tödliche Fluch der Ahnen wird dich treffen.« Dagdatorix wollte noch heftiger werden in seiner aufsteigenden Empörung.
»Schweig, Druide!«, schrie Pratusicagus. Seine Stimme überschlug sich vor Wut. Sein Gesicht glühte vor Zorn, seine Nasenflügel blähten sich vor Erregung auf. Dann vergaß er sich, zog das Schwert und schlug zu. Die Klinge blitzte und traf den Druiden. Sie durchtrennte die Schlagader und die Luftröhre. Ein Blutstrahl sprang aus dem Hals von Dagdatorix. Leblos stürzte er zu Boden.
Pratusicagus öffnete die Tür und ließ zwei Krieger eintreten. Stumm zeigte er auf den leblosen Körper. »Schafft ihn hinaus«, befahl er. »Aber mit Ehrfurcht, er war ein sehr frommer Mann.«
Pratusicagus wischte die blutbefleckte Klinge ab und steckte sein Schwert wieder zurück in die Scheide. »Sucht die Statue!«, brüllte er. »Sucht das ganze Oppidum ab. Sie kann nur hier versteckt sein.«
»Herr«, entgegnete ihm einer seiner Leute, »wir haben das Oppidum bereits mehrmals durchsucht und die Statue nicht gefunden. Sie bleibt unauffindbar.«
»Dann sucht gefälligst weiter«, zürnte Pratusicagus unbeherrscht. »Und bringt mir Sequenna. Sicherlich ist sie nach Süden zu den großen Flüssen geflohen, um von dort nach Attika zu entkommen. Schickt Reiter zu den Flusssiedlern und zu den Becherleuten. Ihr müsst sie fassen. Bringt mir das verfluchte Weib, aber lebendig, tot nützt sie mir nichts. Verschwindet jetzt und sucht nach ihr«, wies er die Krieger barsch an. »Und wagt es nicht, mir wieder mit leeren Händen unter die Augen zu treten!«, rief er ihnen drohend hinterher.

Pratusicagus Krieger durchsuchten noch einmal gründlich das Oppidum. Doch der Erfolg blieb auch diesmal aus. Es gab keine Spur. Weder von der geweihten Statue noch von Sequenna.

15. Kapitel

Nach drei anstrengenden Tagesmärschen gönnten sich die Flüchtenden eine längere Rast. Auf einer Waldwiese, nahe einer Quelle schlugen sie ihr Nachtlager auf.

Am anderen Morgen beschlossen Eilned, Cuchulain und Riannon auf die Jagd zu gehen, um Wild zu erlegen. Sequenna, Gwern und Balor blieben am Rastplatz zurück.

Ein Trupp Reiter kam von einem Hügel auf sie zu. Sequenna und ihre Begleiter spähten angestrengt durch den Morgennebel. Am Speer des Anführers flatterte ein buntes Band.

»Die Flusssiedler!«, jubelte Sequenna. »Freunde meines Vaters. Jetzt sind wir vor Pratusicagus Leuten in Sicherheit.«

Gwern eilte den Reitern freudig winkend entgegen.

Die Sonne brach durch die Wolken und ließ Hügel und Gras aufleuchten. Sequenna sah die drei Reiter nun ganz deutlich und erkannte, die Reiter kamen nicht von den Flusssiedlern. Es waren Krieger ihres Stiefbruders.

Sequenna rief Gwern eine Warnung zu. Zu spät. Die Reiter hatten ihn entdeckt, ritten im Galopp auf ihn zu und kamen rasch näher.

Gwern zog sein Schwert und hob den Schild. Die Reiter wurden schneller., bald hatten sie ihn erreicht. Seine Lage war aussichtslos. Er bemühte sich verzweifelt, den Angriff abzuwehren. Den ersten Speer konnte er noch mit seinem Schild abfangen. Doch schon der zweite durchbohrte seine Brust. Nach Luft schnappend wankte der tapfere Recke. Dann traf

ihn das Schwert des dritten Reiters in den Hals. Blut spritzte in alle Richtungen.
Ohne anzuhalten, stürmten die drei Reiter auf Sequenna zu.
»Hier ist sie, wir haben Sequenna!«, riefen sie triumphierend.
Der erste Reiter versuchte, sich auf die junge Fürstin zu werfen. Doch diese reagierte instinktiv und drehte sich zur Seite. Der Krieger verfehlte sein Ziel, schlug zu Boden und blieb regungslos liegen.
Zwischen dem zweiten Reiter und dem jungen Balor tobte mittlerweile ein Zweikampf. Obwohl sich der junge Krieger tapfer wehrte, hatte er gegen den im Kampf erprobten Angreifer keine Chance. Mit einem dumpfen Laut fiel er zu Boden. Sein Schädel war von einer Streitaxt in zwei Hälften gespalten. Blut schoss empor.
Der Angreifer stieg vom Pferd, um Sequenna zu ergreifen. Diese erhob sich und wankte zurück. Es erbebte jede Faser ihres Körpers. Der grobschlächtige Kerl stellte ihr ein Bein. Sequenna stolperte und stürzte. Jetzt warf er sich auf sie und packte sie am Hals. Sie konnte den Schweiß und die Erregung des Mannes riechen. Er versuchte ihr das Kleid vom Leib zu reißen. Er griff ihr an den Busen und wollte sie küssen. Sequenna sträubte sich und versuchte ihm das Gesicht zu zerkratzen.
»Nein! Nicht! Lass mich los, du Schurke!«
»Du gehörst jetzt mir!«, grölte der Krieger siegesgewiss.
Sequenna trat wild um sich und warf den Kopf hin und her. Die Augen traten ihr beinahe aus den Höhlen. Wie konnte es dieser Kerl wagen. Als er ihr an die Brust fasste, spuckte sie ihm mitten ins Gesicht. Wie unter Zwang glitt ihre Hand zum Gürtel. Sie zog ihren Dolch und stieß ihn dem Mann seitlich in den Hals. Der Getroffene wirbelte herum und wollte sich wieder auf Sequenna stürzen. Doch die Kraft verließ ihn. Er taumelte um die eigene Achse und fiel zu Boden.
Da stürzte sich der dritte Reiter mit wilder Wut auf Sequenna. Diese wankte zurück und versuchte zu entkommen. Sie konnte sich aber nicht schnell genug bewegen.

Der Krieger hob sein Schwert. Die Fürstin beschirmte ihren Kopf mit beiden Armen, wandte das Gesicht ab, erwartete den Todeshieb und fiel in eine kurze Ohnmacht.
Von einem Speer durchbohrt fiel der Angreifer zu Boden. Eilned, der mit Riannon und Cuchulain herbeigeeilt war, hatte ihn geworfen. Mittlerweile hatte sich der erste Krieger wieder erhoben und stürzte mit gezogenem Schwert auf Riannon zu. Dieser unterlief die Deckung und als die Klinge des Feindes an seinem Rücken entlangglitt, stieß er dem Mann das Schwert von unten direkt ins Herz.
Als Sequenna wieder zu sich kam, lag sie im Gras. Riannon beugte sich über sie.
»Kommt, Herrin«, drängte er. »Wir müssen fort von diesem verfluchten Ort.«
Stöhnend richtete sie sich auf, ihre Glieder schmerzten. Sie stieß den Dolch in die Erde, um ihn vom Blut zu säubern, wischte ihn ab und schob ihn wieder in die Scheide. Dann stand sie auf und näherte sich dem Pferd eines der getöteten Krieger. Es gelang ihr, die Zügel zu ergreifen und sich in den Sattel zu ziehen.
Nachdem es Eilned gelungen war, auch die restlichen Reittiere der Gefallenen einzufangen, konnte Sequenna mit ihren Begleitern ihre Flucht zu Pferd fortsetzen.

Gegen Mittag erreichten sie den Handelsposten der Flusssiedler, eine breite flache Halbinsel.
Hoch auf dem Berg thronte ein mit Steinen und Palisaden befestigtes Oppidum (das heutige Miltenberg).
Die kleine Gruppe hielt an und begab sich zu dem schmalen Strand der Halbinsel, vor dem Boote und Schiffe in jeder Größe auf dem Wasser lagen. Dort schlugen sie ihr Lager für eine kurze Rast auf.
Das Gras war hoch, übersät von Sumpfdotterblumen, Kuckuckskraut und blauen Vergissmeinnicht. Am Uferrand stand in schmalen Inseln das Schilf, es rauschte leise im noch erfrischenden, vom Fluss herüberwehenden Wind.

Nachdenklich saß Sequenna am Flussufer. Ihr ganzes Leben zog an ihr vorüber, von der frohen Jugend mit Conall, den lehrreichen Jahren bei den Druiden bis zu den Schreckenstagen ihrer Flucht. Immer wieder stand vor ihr, heller und heller aus den Gedanken hervortretend, das klare, von tiefer Liebe überfließende Antlitz Conalls, wie es ihr in der letzten Abschiedsstunde seines Todes zugelächelt hatte.

Bald darauf mischten sich Sequenna und ihre Begleiter unter das Volk. Händler hatten am Flussufer ihre Stände aufgebaut und Feuer entzündet. Dann wurden flache, runde Herdbrote auf breiten, verkohlten Steinen in schwelender Glut gebacken. Fleisch wurde auf Spießen geröstet, während in den Käfigen Ziegen blökten und Hühner gackerten. Händler aus dem Süden zeigten ihre Schnüre mit Amuletten und Talismanen, die zur Sommersonnenwende Segen bringen sollten.
Die Flüchtenden schoben sich durch das Getümmel und hielten Ausschau nach einem geeigneten Schiff. Sie entschieden sich, um vor Pratusicagus Kundschaftern unentdeckt zu bleiben, für ein mittleres, einfaches Fischerboot. Nach einigem Handeln tauschte es Sequenna gegen ihren Armreif ein und fragte nach dem Weg zum großen Fluss.
»Fahrt flussaufwärts. Der Strom biegt erst nach Norden, dann wieder nach Süden ab. Wenn ihr die Spitze der südlichsten Flussschleife erreicht habt, tauscht dort das Boot gegen Pferde und Proviant«, riet der Fischer. »Reitet dann weiter nach Süden. Nach drei Tagen kommt ihr zum Oppidum der Becherleute (das heutige Kinding an der Altmühl)«, erklärte er.
Sequenna bedankte sich.
Ihre lange, gefährliche Reise in ein unbekanntes Land begann.

In der ersten Nacht schlugen sie kein Lager auf, sondern wechselten sich an den Rudern ab, um ihr kleines Schiff so weit wie nur möglich voranzubringen. Einen Tag und eine Nacht lang verbrachten sie auf diese Weise. Während einer von ihnen

das Boot in Bewegung hielt, ruhten sich die anderen aus oder schliefen.
Ein paar Krähen flatterten krächzend auf, als das Boot in der Dämmerung des zweiten Tages am Strand eines Fischerdorfes anlegte. Sequenna und ihre Begleiter waren zuversichtlich, dass ihnen niemand von Pratusicagus Kriegern folgte. Scheu wurden sie von einigen Männern betrachtet, die in einer Gruppe zusammenstanden, offenbar fürchtend, die Fremden brächten Unheil über sie.
Sequenna stieg aus dem Boot und winkte einen der Männer zu sich und sprach: »Ich bin Sequenna, die Tochter des Boutasages, führe mich zu deinem Dorfältesten.«
Der Häuptling der Becherleute war ein großer Mann mit langen, schwarzgrauen Haaren, die ihm bis auf die Schultern reichten. Aus seinem kantigen Antlitz wuchs ein wilder Bart. Schweigend betrachtete er die junge Fürstin.
»Beweise, dass du die Tochter meines verstorbenen Freundes Boutasages bist!«
Sequenna überreichte ihm ein goldenes Amulett, auf dem das Bildnis ihres Vaters eingeprägt war. Nachdem der Bärtige das Bildnis misstrauisch geprüft hatte, verneigte er sich ehrfurchtsvoll vor Sequenna und bot ihr seine Hilfe an.
Sequenna tauschte das Boot gegen drei Pferde und Vorräte.

16. Kapitel

Am Morgen darauf brachen die Flüchtenden sofort auf. Durch Essen und Schlaf zu neuen Kräften gekommen, ritten sie bis zur Abenddämmerung.
In der ersten Morgenröte setzten sie ihre Reise fort und ein ganzer Tag verging, bevor sie auffällige Schneisen im Gebüsch sahen, die von Menschen auf der Jagd hinterlassen worden waren. Bald entdeckten sie Anzeichen besiedelten Landes. Hie und da sichteten sie einen Mann, der auf einem Feld arbeitete, oder Gestalten von Frauen, die Brennholz und Kräuter sammelten, während ihre Kinder lachend herumtollten.
Am späten Nachmittag zogen sie durch einen dichten Wald, wo sie auf Spuren eines Lagers aus jüngerer Zeit stießen: eine erloschene Feuerstelle, abgeknickte Äste und Zweige und Stellen am Boden, die von Pferden und Menschen aufgewühlt worden waren.
Mehrere Male blieb Riannon stehen, weil er das beunruhigende Gefühl hatte, beobachtet zu werden. Obwohl er niemanden sah, zog er sein Schwert aus der Scheide und riet seinen Kameraden, ihre Waffen ebenfalls in Griffweite zu halten.
»Pratusicagus Schergen suchen uns noch immer«, raunte er der Fürstin zu. »Wir müssen ganz besonders vorsichtig sein!«
Als sie in der Nacht rasteten, hielten sie ihr Feuer so klein und rauchlos wie möglich, damit keiner von Pratusicagus Verfolgern auf ihre Anwesenheit aufmerksam werden konnte. Nachdem ihr Essen gekocht war, traten sie die Glut sofort aus.

Am späten Abend des folgenden Tages erreichten sie endlich die Stelle, an der sich ein Fluss (die Altmühl) sein Bett tief in den steinigen Boden grub.
Am Anstieg der Felsen, gute tausend Schritte vom rechten Ufer des Flusses, standen auf einem kleinen Hügel dicht beieinander drei Eichen, die diesem Ort und dem Handelsposten seinen Namen gaben. Ringsherum waren die sanften Hänge des Hügels gerodet, die im Sommer in regelmäßigen Abständen Korn oder Winterfutter trugen und als Weide das Vieh nährten. Die Kuppe mit den drei hundertjährigen Baumriesen aber hatten die Bauern nicht angerührt. Eine Öffnung zur Anderwelt sollte sie bergen. Öffnungen zur Anderwelt führten durch Wasser und über schmale Stege oder, wie auch in diesem Fall, durch Hügel in die unsichtbaren Reiche der Götter, Geister und Elfen.
Die Siedler glaubten zu wissen, dass der große keltische Kämpfer Dagda, der gute Gott in Krieg und Not, dort zwischen den Bäumen mit seiner riesigen Keule immer wieder dann auftauchte, wenn es galt, den Dorfbewohnern von Drei Eichen zu helfen.
So hatte er ihnen auch geholfen, als vor Generationen die benachbarten Stämme aus dem Bärengrund über sie herfielen. Der Angriff wurde abgewehrt und am Abend nach dem Kampf hatte eine Wache des Siegers den Gott Dagda gesehen, wie er seine riesige Keule hinter sich herziehend mit seinem Gefolge aus Nebel und Wolken zurückgekommen war.
Aber als die Siedler der Drei Eichen die Bewohner des Bärengrundes angriffen, wurden sie, wie vorher ihre Gegner, mit blutigen Köpfen heimgeschickt. Da verkündeten die Ältesten der zwei Dorfschaften, dass die Götter aus der Anderwelt keine Fehde zwischen den Siedlern von Drei Eichen und denen aus dem Bärengrund mehr gestatteten. Die Dörfer schlossen ewigen Frieden, der auch seither nicht gebrochen wurde.
Dagda, den großen weisen Kämpfer mit der Riesenkeule hatte man seitdem nicht mehr gesehen.

Um ihren Friedensschwur immer wieder aufs Neue zu bekräftigen, feierten die früheren Feinde nun Beltaine und andere Feste gemeinsam. Und wenn sich zwei so große Dorfschaften zusammentaten, dann entstand neben den eigentlichen Feiern noch vielerlei Handel. Die Bauern tauschten untereinander Vieh, Futter und Korn, die Handwerker zeigten ihre Waren und bald hatten sich dem Treffen der beiden Dörfer auch die benachbarten Stämme angeschlossen. Fremde Handwerker und Händler kamen hinzu. Das neue Oppidum entwickelte sich zu einem aufblühenden Handelsposten. Seine günstige Lage am Fluss, auf dessen Wasserweg man südlich über Thrakien, Illyrien und Galatien bis nach Attika weiterreisen konnte, begünstigte den Ausbau der weiteren Handelsbeziehungen.
Von hier aus fuhren die Handelsschiffe bis nach Attika. Begehrte Waren, die sie aus den südlichen Ländern zurückbrachten, wurden hier umgeschlagen und auf dem Landweg weiter nach Norden befördert.
In der Siedlung gab es Rundhäuser und Langhäuser, offene Plätze und eingezäunte Bereiche. Es gab Läden, Stände und Speiselokale, die jedoch kaum mehr als mit geflochtenen Strohplanen überdachte offene Flächen um ein Feuer waren. Es gab Töpfergeschäfte und Kunstschmieden, in denen Becher und Gefäße in allen Formen und Größen hergestellt und zum Verkauf angeboten wurden.

Es war kurz vor Sonnenuntergang, als Sequenna mit ihren Begleitern den von Palisaden geschützten Handelsplatz erreichte. Während sich Sequenna mit Eilned und Cuchulain nach einer Herberge für die Nacht umsah, suchte Riannon einen Händler auf, um die Reittiere zu verkaufen.
Während er gerade mit dem Händler in dessen Laden um einen guten Preis feilschte, trat ein weiterer Mann ein und verlangte lederumnähte Tonkrüge zu sehen, wie man sie auf Reisen mitführte, um Getränke kühl zu halten. Bei seinen Worten horchte Riannon auf. Der Fremde sprach Keltisch mit einem unverkenn-

bar heimatlichen Tonfall. Während der Fremde mit dem Händler verhandelte, versuchte Riannon, ihn genauer zu betrachten. Aber die Dämmerung ließ ihn nicht viel erkennen. Der Fremde war ein großer, breitschultriger Mann. Sein Haar hing lang herab, als hätte er lange keine Zeit gehabt, es zu schneiden. Ein dichter, kurzer Vollbart, wie ihn die Kelten trugen, verdeckte die untere Hälfte des Gesichts. Dem Aussehen nach konnte Riannon zunächst nichts Bekanntes an ihm finden. Aber die Stimme meinte er schon gehört zu haben. Nachdem Riannon die Pferde verkauft hatte, folgte er dem Bärtigen vorsichtig.

An den Fellhändlern ging der geheimnisvolle Mann achtlos vorbei. Aber bei den Tischen der Waffenschmieden blieb er lange stehen. Sorgfältig wählte er, um eine neue Waffe nach der anderen zu kaufen. Beim ersten Waffenschmied erwarb er ein neues Schwert, beim zweiten einen Dolch. Der dritte lieferte einen neuen Schild, länglich rund, wie ihn die Kelten tragen, mit einer langen Spitze auf dem eisernen Buckel in der Mitte. Bei dem vierten in der letzten Tischreihe wurden Bogen und Pfeile erworben. Er zahlte aus seiner Gürteltasche mit Stücken goldener Spangen.

Der Fremde wurde dadurch noch geheimnisvoller, Riannon blieb ihm auf den Fersen. Nun schlenderte er dem Stand des Silber- und Goldschmiedes zu. Langsam trat er an den Tisch und betrachtete die unzähligen fein gehämmerten Spangen, Fibeln, Nadeln, Armbänder und Gürtelschnallen – die ganze Herrlichkeit einer uralten, immer vollkommener entwickelten Kunst.

Riannon beobachtete, wie der Mann in immer größeres Staunen geriet. Jetzt glaubte er ihn zu erkennen, war das nicht sein alter Jugendfreund Bard?

»Gefallen dir diese Sachen?«

Erschrocken fuhr der Fremde herum, so versunken war er in die Betrachtung der Schätze.

»Hervorragend! – Wo lerntest du diese Kunst?«

»Ich bin nicht der Kunstschmied«, antwortete Riannon. »Aber

erkennst du mich denn nicht? Ich bin Riannon, dein Jugendfreund.«

Jetzt erkannte auch Bard seinen alten Gefährten wieder.

»Riannon, du? Du lebst? Man berichtet Schreckliches aus der Heimat. Man sagt, Pratusicagus habe das Oppidum erobert und alle Bewohner mitsamt unserer Fürstin Sequenna getötet.«

»Es ist wahr, das Oppidum wurde erobert und teilweise zerstört. Der tapfere Conall, Sequennas Gemahl, ist bei der Erstürmung durch einen Pfeil tödlich getroffen worden. Die Fürstin aber lebt, sie konnte zusammen mit Eilned, Cuchulain, Gwern, Balor und mir rechtzeitig aus der Zitadelle fliehen. Gwern und Balor sind tot, sie starben im Kampf während eines Überfalls.«

»Und wo befindet sich die Fürstin jetzt?«, fragte Bard.

»Sequenna befindet sich unerkannt hier im Oppidum«, antwortete ihm Riannon. »Kannst du uns weiterhelfen? Die Fürstin möchte zu ihren Verwandten nach Attika.«

»Attika ist weit, sehr weit von hier«, bemerkte Bard. »Wenn ihr wollt, könnt ihr mit meinem Schiff bis nach Galatien mitkommen. Aber nach Attika fahre ich nicht. Für einen Händler, wie mich ist es zurzeit dort zu gefährlich. In Galatien und Attika tobt ein schrecklicher Krieg. Ein mächtiges Volk aus dem fernen Osten (die Perser) bedrohen Attika. Von Galatien aus müsst ihr euch dann ohne mich durchschlagen«, meinte Bard.

Riannon legte Bard beide Hände auf die Schultern und sah ihm gerade in die Augen: »Ich danke dir, alter Freund. Dein Angebot, uns bis Galatien mitzunehmen, nimmt die Fürstin bestimmt sehr gerne an. Komm mit. Ich führe dich zu ihr.«

Mit diesen Worten wandte er sich um, warf einen Fellmantel über und schritt zur Herberge. Es war indessen dunkel geworden und Bard trug eine Fackel.

Riannon trat durch die offene Tür über die Schwelle der Herberge, in deren weiträumiger Diele das Feuer auf einem aus Steinen und Lehm gemauerten Herd brannte.

Der große, bronzene Kessel hing an einer langen Kette vom

Hauptbalken der Decke herab. Auf den Bänken an der Wand und auf Hockern saßen ringsum Männer und Frauen. Mitten aus ihnen erhob sich Sequenna und kam den beiden entgegen.
»Dies ist mein Jugendfreund Bard«, stellte Riannon seinen Begleiter vor. »Bard ist Händler und bietet uns an, uns auf seinem Schiff bis Galatien mitzunehmen.«
Bard verbeugte sich vor Sequenna: »Ich grüße Euch, Fürstin. Bitte erweist mir die Ehre, Gast auf meinem bescheidenen Schiff zu sein. Seid unbesorgt, ich kenne den Reiseweg und bürge für Eure Sicherheit. Sofern Ihr einverstanden seid, schlage ich vor, noch vor Sonnenaufgang aufzubrechen.«
»Ich danke dir, treuer Freund«, antwortete Sequenna. »Gerne nehme ich deine Hilfe und Gastfreundschaft an.«
Mit der Bitte, am folgenden Tag noch vor dem Morgengrauen bei den Booten zu sein, verabschiedete sich Bard.

Als Sequenna am anderen Morgen erwachte, sah sie Riannon vor dem Eingang ihrer Hütte stehen.
Leise fiel Regen auf das Dach nieder, wie es zu dieser Jahreszeit oft in der Nacht geschieht. Der Schauer würde aber bald vorüber sein.
»Herrin!«, rief Riannon aufgeregt. »Seid Ihr wach? Kleidet Euch bitte an! Es eilt, die Boote warten. Einige von Pratusicagus Leuten befinden sich im Oppidum, sie suchen nach uns!«
Sequenna, Riannon, Eilned und Cuchulain schritten eilends zum Fluss hinab. Zwei Langboote, beladen mit Handelsgütern, lagen am Ufer.
Die Mannschaft des ersten Bootes bestand aus Bard und drei Männern. Das zweite Boot war ebenfalls mit vier Leuten ausgerüstet.
Bard begrüßte Sequenna und ihre Gefährten und führte seine Gäste an Bord des ersten Langbootes. Dann bat er Riannon: »Führe du das Ruder, du weißt mit den Fluten Bescheid. Wir müssen so schnell wie möglich den Fluss hinunterfahren, um uns einen Vorsprung vor den Verfolgern zu sichern!«

Der Morgenwind füllte die Segel und die beiden Boote gewannen mit den Wellen der Strömung langsam an Fahrt.
Zunächst hatten sie Glück. Niemand in der Siedlung hatte das Ablegen der beiden Boote bemerkt. Niemand folgte ihnen.
Doch dann entdeckte Bard mitten im Fluss einen großen Schatten wie eine Insel. Aber eine Insel war es nicht. Es glitt ganz langsam, fast widerwillig, mit der Strömung abwärts.
Im nächsten Augenblick löste sich das Rätsel: Was zunächst wie eine Insel erschien, bestand in Wirklichkeit aus drei zusammengebundenen Booten, auf denen ein großer Stoß von pechgetränkten Zweigen in mehreren Garben aufgeschichtet war.
Plötzlich zischten ein Dutzend Brandpfeile in die dürren Zweige. Das Feuer loderte sofort auf und entfaltete sich zu einer riesigen Feuerwand.
Pratusicagus Anhänger hatten ihnen aufgelauert. Sie waren in einen Hinterhalt geraten.
Riannon erkannte die große Gefahr als Erster. Mit aller Kraft riss er am Ruder, um dem Feuer auszuweichen. Doch die Strömung hielt ihn in der Mitte des Flusses. Verzweifelt legte er sein ganzes Gewicht über die Bordleiste, um den Rudern mehr Nachdruck zu geben. – Vergeblich. Das Boot stieß auf die Feuerinsel!
Das gerammte Langboot drehte sich um sich selbst und wurde von dem heftigen Aufprall zur Seite ans Ufer gestoßen.
Bard riss sich als Erster aus dem Bann des Entsetzens. Er sah, wie Sequenna beim Zusammenprall aus dem Boot ins Wasser stürzte. Kurz entschlossen warf er seine Waffen ab und sprang in den Fluss. Mit weiten Stößen arbeitete er sich an Sequenna heran, packte sie und zog sie mit sich voran. Näher kam die schwimmende Glut. Schon spürte er die Hitze im Nacken. Mit letzter Kraft warf er sich mit der fast leblosen Sequenna nach links aus der Mitte der Strömung. Es war das letzte Mittel, um das Leben der Fürstin zu retten.
In diesem Augenblick tauchte neben ihm ein anderer Kopf im Wasser auf: Riannon! Auch er war durch den heftigen Aufprall

aus dem Boot geschleudert und ebenso wie Bard von der Strömung abgedrängt worden.
Plötzlich hörten sie hinter sich ein Knacken, ein lautes Zischen – und mit einem Mal war der Feuerschein um sie verschwunden. Das Feuerschiff war in der Mitte durchgebrochen und gesunken.
Bard und Riannon schwammen mit der halb ohnmächtigen Sequenna ans Ufer und betteten sie vorsichtig auf die Wiese.
Einen Augenblick war es still, unheimlich still. Dann war plötzlich die Luft erfüllt vom Surren heranfliegender Pfeile. Bogenschützen stürmten aus dem Dickicht und schossen in blitzschneller Folge auf die Insassen der Langboote. Einer von Bards Leuten wurde getroffen. Aus seiner Brust ragte der gefiederte Schaft eines Pfeiles.
Nachdem die Bogenschützen ihre Köcher geleert hatten, wichen sie zurück und versuchten zu fliehen. Riannon holte einen von ihnen ein und durchbohrte ihn mit seinem Speer. Sechs Reiter tauchten plötzlich aus dem Nichts auf und griffen die Händler an. Der erste Angreifer warf einen Speer. Eilned fing mit dem Schild den Speer auf, der so gewaltig geschleudert war, dass seine Spitze den Schild verbog. Mächtiger noch warf Eilned, sein Speer drang durch Schildrand und Panzer des Gegners, so dass dieser sterbend vom Pferd ins Gras sank. Der zweite Angreifer versuchte mit einem gewaltigen Schwertstreich Cuchulain das Haupt zu spalten. Doch Cuchulain parierte und zerhieb die Klinge in der Luft. Singend flog sie ins Gebüsch.
Der nächste Reiter, ein Hüne mit wallendem Haar, hob seinen Speer, dessen Spitze mit Widerhaken versehen war, und zielte auf Cuchulain. Dieser drehte sich rechtzeitig um und erhob sein Schild. Der Speer des Angreifers schmetterte dröhnend dagegen.
Der Krieger sprang vom Pferd, griff Cuchulain zu Fuß an, hob seine Axt und wollte ihm den Schädel spalten. Doch Cuchulain nutzte die Gelegenheit und traf seinen Gegner mit einem wuchtigen Schwertstoß ins Herz. Ohne zu beobachten, wie

der andere tot zu Boden fiel, wirbelte Cuchulain herum und streckte einen weiteren Feind nieder.
Die drei Recken befanden sich nun mitten im Schlachtgetümmel, hoben ihre Schwerter und drangen auf die Angreifer ein. Blindlings hieben sie um sich, mit wuchtigen, wilden Schlägen. Ein Feind nach dem anderen sank von ihnen getroffen zu Boden.
Die restlichen gegnerischen Krieger erkannten die Aussichtslosigkeit ihrer Lage und ergriffen die Flucht.
Eines der beiden Langboote hatte bei dem Zusammenstoß Feuer gefangen und brannte lichterloh. Bards Leute versuchten verzweifelt, das Feuer zu löschen, um das Boot und die Ladung zu retten.
»Es ist hoffnungslos.« Eilned sprach diese schreckliche Wahrheit mit fester Stimme aus. »Das Boot ist verloren, wir können das Feuer nicht mehr löschen.« Es gibt keine Möglichkeit, die wertvolle Ladung vor den Flammen in Sicherheit zu bringen.
»Achtet auf die Flammen, damit diese nicht auf das andere Boot überspringen«, befahl Bard und wies seine Leute an, das noch unversehrte Boot aus der Gefahrenzone zu ziehen.

Nachdem Sequenna die Verwundeten versorgt und die Männer die Gefallenen begraben hatten, drängte Bard zum Aufbruch. Gegen Abend erreichten sie dann endlich den großen Strom (die Donau) und fuhren weiter flussabwärts.
Es wurde dunkel, aber in dieser Nacht schlugen sie kein Lager auf, sondern wechselten sich an den Rudern ab, um ihr Langboot so weit fortzubringen, wie es ihre Kräfte erlaubten. Zwei Tage und eine Nacht lang fuhren sie, in der Dämmerung des dritten Tages legten sie an einem breiten Kiesstrand an, der von Hügeln umringt war.
Sie zogen die Ruder ins Boot und starrten auf einen der Hügel. Eilned zeigte auf einen hohen, grob behauenen Stein, der wie ein einsamer Riese am Ufer stand. »Dieser Stein zeigt uns den Weg zu den heiligen Steinkreisen. Wir befinden uns auf heiligem Boden.«

Sequenna stieg mit Eilned aus und bat Bard und die anderen zu warten. Sie wolle den Göttern für ihre Rettung danken und ein Opfer darbringen, erklärte sie.
Sie folgten einem ausgetretenen Trampelpfad und kamen an Menhiren vorbei, großen, einzelnen, aufrecht stehenden Steinen, in die geheimnisvolle Muster eingeritzt waren. Eilned empfand sie als unheimlich. Sie hatten etwas an sich, was ihn nervös machte. Eine Aura der Übernatürlichkeit.
Steine sind einfach nur Steine, kalter Fels ohne Seele, redete er sich ein, während er mit Sequenna weiterging. Und doch schien es, dass im Schatten der stehenden Steine alles möglich war.
Auch als sie von dem Hügel hinunterstiegen und über eine weite sonnenbeschienene Fläche liefen, kam es ihm so vor, als würden die Steine ihn beobachten. Mehrere Male blieb er stehen und blickte sich um, während er fast damit rechnete, dass sie sich in Bewegung gesetzt hätten und ihm folgten.
Eine ganze Stunde lang litt Eilned unter dem Gefühl, beobachtet zu werden. Selbst als er mit Sequenna den heiligen Steinkreis erreichte, hellte sich seine Stimmung nicht auf. Während Sequenna vor dem Altarstein das Feuer entfachte, blickte er sich immer wieder um.
Weder Sequenna noch Eilned konnten später genau sagen, wann die drei Fremden aufgetaucht waren. Sie kamen so leise und ohne jede Vorwarnung, dass sowohl Eilned als auch Sequenna sofort wussten, dass sie nichts Gutes im Sinn haben konnten. Es waren große, starke Männer in ziemlich verdreckter Kleidung. Einer von ihnen hatte silberne Ringe an den Ohren. Der zweite trug einen Ring in der Nase. Und der dritte trug beides und einen runden Lederhelm. Er hatte ein hässliches, plattes Gesicht, das aussah, als wäre es mit einem Knüppel eingeschlagen worden. Alle drei trugen Speere sowie Äxte und Schwerter an den Gürteln.
»Ganz ruhig«, riet Eilned leise seiner Herrin. »Das sind keine Gefolgsleute von Pratusicagus. Dies sind ganz gewöhnliche Halunken!«

Der mit dem Lederhelm, offenbar der Anführer, stellte sich vor Sequenna und griff nach ihrer Goldkette. Während sich die Fürstin wehrte und dem Angreifer eine schallende Ohrfeige verpasste, zog Eilned sein Schwert und stellte sich schützend vor seine Herrin.

Doch ehe er sich versah, schlug ihn der zweite von hinten mit einem Knüppel nieder, so dass Eilned stöhnend zu Boden ging. Sein Schwert glitt dabei zu Boden. Ihm war übel vor Schmerz, Scham und Wut, als sein Peiniger lachte und ihm noch einmal den Knüppel über den Kopf zog. Während Eilned das Bewusstsein verlor, wehrte sich Sequenna verzweifelt wie eine Wildkatze. Sie biss, kratzte und schlug um sich. Das Gesindel ließ sich davon überhaupt nicht beeindrucken.

Lachend rissen sie ihr einen Teil der Tunika vom Leib und zeigten grölend auf sie. Dann verpassten sie ihr mehrmals einen Fußtritt.

Sequenna ging dabei zu Boden. Als sie sich wieder erhob, hielt sie in der rechten Hand Eilneds Schwert. Die Halunken erschraken und wichen zurück. Doch dann griffen die Feiglinge zu dritt an. Sequenna, die als Keltenprinzessin zur Schwertkämpferin ausgebildet worden war, ließ die Klinge kreisen und sicherte sich so erst einmal einen respektvollen Abstand.

Grölend gingen die Räuber zum Angriff über und schlugen mit den Schwertern wild auf sie ein. Sequenna wehrte die Hiebe ab und kämpfte tapfer und verbissen gegen die Übermacht. Es war ein ungleicher Kampf: drei ausgewachsene starke Männer gegen eine zierliche junge Frau.

Die Männer brüllten vor Lachen, sie waren in Hochstimmung und wurden immer übermütiger.

Sequenna erkannte ihre Chance, indem sie gegen einen der Gesellen einen wuchtigen Schwerthieb führte. Ihre Klinge drang dem Mann tief in die Brust. Für einen Augenblick stand er da, als könnte er nicht begreifen, was geschehen war. Dann kippte er nach vorne und stürzte tot zu Boden.

Benommen starrten die beiden anderen ungläubig auf die

anmutige junge Frau, die sich plötzlich in eine mutige Rächerin verwandelt hatte. Die Männer runzelten die Stirn. Es bestand für sie nun kein Zweifel mehr, dass ihre Gegnerin das Schwert zu führen verstand.

»Eine Kriegerprinzessin«, raunte der Räuber mit dem Nasenring dem anderen zu.

Gezielt griffen die beiden erneut an. Während der erste Sequenna mit dem Schwert von vorne angriff, versuchte der zweite von hinten eine Schlinge um ihren Hals zu werfen.

Sequenna wirbelte herum und wollte diesen hinterhältigen Angriff abwehren. Doch dazu kam sie nicht. Beide Männer stürzten sich auf sie, zwangen sie auf den Boden und drehten ihr brutal die Arme auf den Rücken. Einer der Schurken packte ihr Haar und zerrte so daran, dass sie vor Schmerz zusammenzuckte.

Sequenna wand sich verzweifelt und versuchte, sich zu befreien. Ein harter Schlag auf den Hinterkopf beendete ihre Gegenwehr. Halb ohnmächtig sackte sie zusammen, wurde vor Schmerz aber sofort wieder wach, als sie die engen, festen Fesseln an Händen und Füßen spürte.

»So eine Wildkatze bringt uns auf dem Sklavenmarkt bestimmt zehn Goldstücke«, bemerkte einer der Schurken.

»Und wenn sie wirklich eine Kriegerprinzessin ist, ist sie mindestens das Doppelte wert«, lachte der zweite Mann.

Sequenna drehte den Kopf zur Seite und beobachtete, wie Eilned langsam wieder zu sich kam.

Da die Räuber ihn für tot hielten, hatten sie es unterlassen, ihn zu fesseln.

Zunächst rührte er sich nicht von der Stelle. Behutsam sah er sich um und wartete auf seine Chance. Die beiden Räuber bemerkten sein Erwachen nicht. Sie hatten Schläuche mit Met dabei, aus denen sie tranken.

Eilned erblickte die gefesselte Sequenna. Er gab ihr ein Zeichen, sich unauffällig zu verhalten.

Ein paar Schritte von ihm entfernt lag ein Speer auf dem

Boden. Vorsichtig schlich er sich an die Waffe heran, hob sie auf und wagte einen verzweifelten Überraschungsangriff.
Die Männer starrten den für tot gehaltenen Eilned wie ein Gespenst aus der Anderwelt an, fingen sich aber schnell und schleuderten ihm ihre Äxte entgegen. Eilned wich der ersten geschleuderten Axt aus und warf kraftvoll seinen Speer. Dieser bohrte sich in den Hals des ersten Mannes. Die zweite Axt dagegen flog wirbelnd in hohem Bogen und fand ihr Ziel, bevor Eilned zur Seite springen konnte.
Eilned schrie auf. Die Axt hatte sein rechtes Schlüsselbein neben dem Schultergelenk getroffen und den Knochen zertrümmert. Er blickte auf seine Verletzung und konnte das Ausmaß dessen, was er sah, überhaupt nicht fassen. Sein Arm und seine Schulter hingen schlaff in einem unnatürlichen Winkel herab.
Langsam kam der Mann mit drohend erhobenem Schwert auf ihn zu. Er sah, wie Eilned mit der linken Hand nach dem Dolch griff, der in seinem Gürtel steckte. Doch er sah darin keine Gefahr. Das war sein Fehler. Trotz seiner furchtbaren Schmerzen schaffte es Eilned unter Anstrengung all seiner Willenskraft, nicht in die Knie zu gehen. Mit seinen letzten Kraftreserven schleuderte er den Dolch gegen den Angreifer.
Die Waffe drang in die Brust des Mannes ein, genau in dessen Herz. Er war längst tot, als sein Körper zu Boden stürzte.
Mit allerletzter Kraft zog Eilned den Dolch aus der Brust des Toten und schnitt Sequenna die Fesseln auf. Dann verlor er das Bewusstsein. Seine Wunde blutete heftig. Trotzdem hatte er großes Glück. Denn die Streitaxt hatte eine wichtige Arterie nur knapp verfehlt. Wenn sie ihn nur ein wenig näher am Hals getroffen hätte, wäre er nicht mehr zu retten gewesen.
Sequenna untersuchte mit geschickten Händen seine schwere Verletzung. Dann sammelte sie trockenes Holz und entfachte ein Feuer.
Als Eilned wieder erwachte, erklärte Sequenna ihm schonungslos: »Ich muss deine Wunde sofort ausbrennen.«
Minuten später berührte eine brennend heiße Klinge Eilneds

Fleisch. Er zuckte in unermesslicher Qual zusammen, bevor er erneut in tiefe Ohnmacht fiel.

Als er wieder zu sich kam, lag er auf einer Trage im Boot. Sequenna war zum Fluss gelaufen und hatte Hilfe geholt.
Eilned wollte aufstehen und versuchte gegen seine Schmerzen und Schwäche anzukämpfen.
Sequenna hielt ihn zurück. »Bleib bitte liegen, du bist noch sehr geschwächt«, bat sie. Und dann versicherte sie ihm, dass bei einer angemessenen Pflege der verletzte Knochen wieder gerichtet und die Muskeln zusammengefügt werden könnten. »In wenigen Monden wird deine Wunde wieder vollständig geheilt sein«, tröstete sie ihn.

17. Kapitel

Tage vergingen. Eilneds Genesung machte langsam Fortschritte.

Die Reisenden bemerkten Veränderungen am Flussufer, während ein neuer Geruch den Wind würzte. Es war der Duft nach bepflanzten Feldern und Weidegräsern. Sie sogen ihn genießerisch ein und schienen dadurch gestärkt zu werden. Sie ruderten weiter und kamen immer tiefer in den Süden. Ihre Körper waren bronzebraun und abgehärtet von den langen Stunden an den Rudern.

»Schon bald«, versprach Sequenna ihren Getreuen, »werden wir das sonnenreiche Land Attika erreicht haben.«

Sie steuerten das Boot durch die Brandung des Flusses und ließen es in einer sumpfigen Flussmündung anlegen, wo Bienen sich eifrig auf Unmengen von Wildblumen stürzten und Mücken wie angriffsbereite Armeen im Wind summten.

Die Männer sahen, wie Sequenna aus dem Boot stieg und ehrfürchtig ihre Hände auf die Erde legte. Es bestand kein Zweifel, dass sie Zwiesprache mit geheimnisvollen Mächten suchte. Und dann sahen die Männer, wie Sequenna plötzlich ihre Erschöpfung ablegte, als hätte die Erde ihr neue Kraft gegeben.

Es war eine erstaunliche Verwandlung. Sequenna wirkte plötzlich um Jahre verjüngt. Glücklich lächelnd stand sie da.

Die Reise ging weiter. Gelegentlich sahen sie vom Boot aus Fischerdörfer und grasende Tiere auf den Weiden.

Nach einigen Tagen sichteten sie ein großes Gewässer. Bard befahl, entlang der Küste weiter nach Süden zu fahren.
»Nur noch wenige Tage, dann müssen wir uns trennen«, bedauerte er. »An dem galatischen Handelsposten Byions ist meine Reise zu Ende. Dort werde ich meine Güter gegen Waren aus Attika tauschen.«
Die Galater waren keltische Stämme, die seit Jahrzehnten hier siedelten und an den Küsten und im Landesinneren Handelsposten errichteten.
Das Boot machte nur langsam Fahrt. Fast widerwillig setzten sich die Segel den Winden aus. Und obwohl zu den Rudern gegriffen wurde, kam das kleine Schiff nur mühsam voran. Tage und Nächte vergingen. Am sechsten Tag tauchte am Horizont aus dem Dunst der Dämmerung endlich jene Meeresenge – der Bosporus – auf, die Sequenna aus den Berichten der Handelsleute kannte.
Bevor sie aber in die Meeresenge einfahren konnten, erspähten sie zwei große persische Kriegsschiffe. Eine Weiterfahrt war unmöglich.
»Wir müssen den Persern ausweichen und einen anderen galatischen Handelsposten anfahren«, entschied Bard. Dann lenkte er das Boot ans Ufer, um es in einer kleinen Bucht zu verstecken.
Zwei Tage später waren die persischen Schiffe nicht mehr zu sehen. Bards Handelsboot konnte nun entlang der Küste bis zum nächsten Handelsposten weiterfahren.
Der galatische Handelsposten, den sie am Folgetag erreichten, lag hinter einer Bergkette versteckt an einer Felsenbucht. Gegen Mittag machten sie in dem kleinen Hafenbecken ihr Boot fest. Einheimische Händler kamen zu ihnen an Bord und begutachteten die Fracht.
Bard verkaufte seine Felle, den Bernstein- und Bronzeschmuck, handgeschmiedete große Kessel, Flachs, Salz und Wolle. Den Erlös tauschte er umgehend wieder in Waren: in Waffen, Gewürze, Gold- und Silberschmuck, Kleidungsstücke und Luxusgüter.

Die Galater boten ihren Gästen Unterkünfte an, die von außen betrachtet äußerst trostlos wirkten. Um so überraschter waren Sequenna und ihre Begleiter, als sie das Quartier durch ein schmuckloses Tor aus Zedernholz betraten.
Hinter einer tunnelartigen Durchfahrt leuchtete ein Innenhof, umrankt von Schatten spendendem Blattwerk aus Oleander, Limonen und Hibiskus. Aus der Öffnung einer steinernen Figur plätscherte kühles Wasser in spiegelnde Marmorbecken.
»Seid uns willkommen!«, begrüßte sie der Dorfälteste. »Erfrischt euch und macht es euch bequem. Wir sehen uns später.«

Am Abend saßen sie im Innenhof. Die Steine waren noch warm von der Glut des Tages. Ein frischer Wind wehte vom Meer herüber. In der Siedlung flammten die ersten Lichter auf.
Die Dorfbewohner boten ihren Gästen kleine, auf Spießen gebratene Fleischstücke, frisch gebackenes Brot und gebräunte Zwiebeln zum Essen an. Nach dem Fleisch wurden in Honig getränkte Kuchen und Wein aufgetragen.
Während sie aßen, herrschte zunächst tiefes Schweigen. Dann aber fragte der Gastgeber zögernd: »Kommt ihr von weit her?«
»Ja, aus dem Norden«, antwortete Sequenna. »Wir wollen weiter in die südliche Ägäis reisen.«
»Das wird nicht einfach sein«, bemerkte der Dorfälteste nachdenklich. »Wir leben in schweren Zeiten.«
Und dann erfuhren die Gäste aus dem Norden von Ereignissen, die vorerst eine Weiterreise zu den ägäischen Inseln unmöglich machten.
Mit einer gewaltigen Kriegsmacht von hunderttausend Fußsoldaten und über siebenhundert Schiffen hätte sich der persische Großkönig Xerxes aufgemacht, um in einem Rachefeldzug Attika endgültig zu unterwerfen. Nicht vergessen hätte Xerxes die schmähliche Niederlage des persischen Heeres in der Ebene von Marathon.
Auf zwei Schiffsbrücken hätte das persische Landheer erst vor wenigen Wochen den Hellespont überquert und stoße nun von

der Flotte unterstützt direkt in das Herz von Attika vor. Seitdem kontrollierten die Truppen des Xerxes zu Land und zu Wasser die gesamte Ägäis. Athen sei den persischen Angreifern schutzlos ausgeliefert.
»Die Perser haben unseren Handelsposten zum Glück noch nicht gefunden. Aber es ist nur eine Frage der Zeit, bis sie auch uns entdeckt haben«, warnte der Dorfälteste.
In den folgenden Tagen trafen in dem Dorf keine weiteren Neuigkeiten vom Krieg ein, bis Händler aus Athen die schlimmste aller Nachrichten überbrachten: »Den Persern ist es gelungen, den Engpass der Thermopylen, der den Zugang nach Athen sperrte, mit Hilfe eines Verräters auf einem Pfad über das Gebirge zu umgehen. Der befehlende Spartanerkönig Lonidas, der in dieser aussichtslosen Lage mit dreihundert Spartanern und siebenhundert Freiwilligen den Engpass gegen die gewaltige Übermacht verteidigte, hat getreu nach den Gesetzen Spartas bis zum letzten Blutstropfen gekämpft und ist mit all seinen Kriegern gefallen.«

Während Sequenna und ihre Begleiter beschlossen, die weitere Entwicklung abzuwarten, entschied sich Bard für die Heimreise. Schweren Herzens nahm er Abschied.
Am Tag seiner Abreise trat Bard zum letzten Mal vor Sequenna. Er hatte eine goldene mit keltischen Motiven geschmückte Fibel in der Hand.
»Die ist für Euch, Fürstin«, sagte er und drückte Sequenna das kunstvolle Schmuckstück in die Hand. »Es ist mein Abschiedsgeschenk. Es soll für Euch ein Andenken aus der Heimat sein. Die Götter mögen Euch und Eure Gefährten beschützen«, wünschte er.
Dann trat er mit seiner Mannschaft die Rückreise in den Norden an.

18. Kapitel

Fünf Monde später lockten die Athener die persische Flotte in die Meeresenge vor der Insel Salamis.
Wie eine gewaltige Masse, der nichts zu widerstehen vermag, wie eine einzige gigantische Festung, schoben sich die in mehreren Reihen gegliederten, riesigen persischen Schlachtschiffe langsam in die enge Bucht.
Anders die Flotte der Hellenen. Sie bestand aus kleinen, schlanken Schiffen, die nur drei Reihen von Rudern hatte. Sie gingen tief ins Wasser und hatten starke, scharfe Rammsporne.
Während die gewaltigen Kolosse der Perser in der drangvollen Enge ihre Übermacht nicht entfalten konnten und sich deswegen gegenseitig behinderten, schossen die hellenischen Schiffe heran und bohrten rasch ihre Rammsporne in die Rümpfe der Riesen.
Brechende Planken zerberstender Schiffe, wütender Kampf im blutig gefärbten Wasser, Prasseln der aus den Katapulten der Schiffstürme niederfallenden Steinmassen bestimmten das Szenario der Seeschlacht.
Die Athener erfochten an diesem Tag gemeinsam mit den Spartanern einen so glorreichen Sieg, dass Xerxes, der auf einem Thron sitzend von der Küste aus die ihm sicher erscheinende Vernichtung der Hellenen miterleben wollte, überstürzt mit dem Rest seiner Flotte floh.

Als die Nachricht von der Vernichtung der persischen Flotte das Dorf erreichte, beschloss Sequenna, die Weiterreise zu den ägäischen Inseln zu wagen.
»Ihr müsst zu Land weiterreisen und über die Berge ziehen«, rieten ihnen die Gastgeber. »Der Seeweg ist noch zu gefährlich. Trotz der verlorenen Seeschlacht befinden sich noch immer vereinzelte persische Schiffe auf See«, warnte man sie.
Während Riannon vier Reitpferde besorgte, kümmerte sich Eilned um den Proviant.
In der Frühe des nächsten Tages brach die kleine Gruppe eine Stunde vor Sonnenaufgang zur Weiterreise auf.
Zuerst durchquerten sie die Berge in südöstlicher Richtung und kletterten einen steinigen Pfad empor, der stellenweise nur wenige Fuß breit war und an steilen Abhängen wieder nach unten in die Wälder führte.
Das Land war hier wilder als in ihrer Heimat, das hohe Dach der ineinander verflochtenen Baumkronen hielt die Sonne ab, doch das Unterholz wucherte üppig und es wimmelte von Tieren: Rehe, Kaninchen und Wildschweine. Von allen Seiten hörte man die Tiere im hohen Gras rascheln und wühlen.
Am Abend erreichten sie einen kleinen See, der von Wiesen umgeben war. Sie beschlossen, hier das Nachtlager aufzuschlagen. Sie stiegen ab, entzündeten ein Feuer, kümmerten sich um die Pferde und legten sich schlafen.
Am nächsten Morgen saßen sie bei Sonnenaufgang wieder auf und durchquerten bald einen dichten Wald.
Sie folgten einem Pfad und kamen an einen rasch strömenden Fluss, der einem tiefen Graben glich und dessen Ufer senkrecht anstiegen und von wilden Gräsern überwuchert wurden.
Obwohl die vier Reiter stromabwärts zogen, fanden sie keine Stelle, wo sie den Fluss mühelos überqueren konnten.
Schließlich trieben sie ihre Tiere einfach ins Wasser. Es wurde sehr schwierig für die Reitpferde, an dem gegenüberliegenden, überwachsenen Ufer hinaufzuklettern, ohne dabei abzurutschen. Es dauerte einige Zeit, bis sie alle am anderen Ufer waren.

Kurz nachdem Riannon wieder als erster Reiter die Führung übernommen hatte, scheute sein Pferd. Auf einem großen Ast über ihnen duckte sich eine Raubkatze. Das Pferd wich zurück, die Tiere hinter ihm nahmen den Raubtiergeruch wahr und scheuten ebenfalls. Vielleicht spürte die Wildkatze deren Angst. Noch während Riannon seinen Dolch zog, sprang ihn das Tier, das ihm ungeheuer groß erschien, an.
Die großen Klauen rissen das arme Pferd auf, als die Katze auf Riannon stürzte und ihn dabei zu Boden warf. Mit gewaltiger Kraft und in einem Akt der Verzweiflung gelang es ihm, dem Tier seinen langen Dolch ins rechte Auge zu stoßen. Das nunmehr tote Tier lag quer über ihm und Riannon konnte sich nur mühsam aus dieser misslichen Lage befreien.
Er erlöste sein schwer verletztes Pferd, indem er seinen Dolch in den Hals des Tieres stieß.
Da ein Pferd fehlte, musste sich Riannon mit Eilned für den Rest des Tages notgedrungen ein Reittier teilen. Am darauf folgenden Morgen teilten sich dann Riannon und Cuchulain das Reitpferd.
Das Land weitete sich bald zur Ebene, die zuerst mit sattem Grün, dann aber allmählich mit spärlichem Pflanzenbewuchs und einzelnen Felsen bedeckt war.
Plötzlich tauchte im grellen Sonnenlicht eine riesige Wolke auf, die sich im Osten erhob. Riannon beobachtete sie mit zunehmender Besorgnis, denn aus dieser Wolke drang deutlich das Geräusch von Hufen, als würde eine große Reiterschar auf sie zusprengen.
»Persische Reiterei?«, flüsterte Eilned, doch niemand antwortete ihm.
Blass und angstvoll versteckten sie sich hinter einem breiten Felsen und warteten ab, während die Wolke näher kam und der Lärm ohrenbetäubend wurde.
In einer Entfernung von etwa zweihundert Schritten schwenkte das Reiterheer nach rechts und zog donnernd weiter, diesmal nach Norden. Dann legte sich der Staub. Sequenna, Riannon,

Eilned und Cuchulain konnten ihr Glück, von den Persern nicht entdeckt worden zu sein, kaum fassen.
Nach drei Tagen erreichten sie endlich die westliche Küste der Ägäis, wo sie in einem Fischerdorf ihre Pferde gegen ein Boot tauschen konnten.
Von den Persern ungesehen fuhren sie südlich die Küste hinunter und segelten nachts wieder auf das offene Meer. Dort blies ein warmer Wind in die Segel, dass sie sich blähten. Das Boot hob sich fast über die Wellenkronen, so schnell flog es dahin. Am Abend bei Sonnenuntergang verwandelten sich die Wolken in goldene Banner und in der Luft lag die Stille des Augenblickes, in der sich die Welt in der Schwebe zwischen Tag und Nacht befand.
Am folgenden Tag frischte auf dem offenen Meer plötzlich der Wind auf und wurde am Nachmittag zum Sturm, der durchs Takelwerk heulte und drohte die Segel in Fetzen zu reißen. Dunkel rollende Wogen deckten das kleine Fahrzeug ein. Das Boot raste durch den Sturm. Lag es eben noch halb unter dem Wasser begraben, so tanzte es im nächsten Augenblick schon hoch auf der schäumenden Krone des Wellenberges. Die in der Seefahrt unerfahrene vierköpfige Mannschaft arbeitete verbissen, um das Boot vor dem Kentern zu bewahren. Am Abend hatte der Sturm schließlich seine ärgste Wut vertan.

19. Kapitel

In der keltischen Heimat wurde es Herbst. Samhain, der Tag, an dem die Toten zurückkommen, um mit den Lebenden ein Festmahl zu halten, kam immer näher. Das Grün der Blätter an den Bäumen verwandelte sich in alle erdenklichen Farben und die Sonne stand am zartblauen Himmel. Doch das friedliche Bild um den Glauberg trog. Nie zuvor hatten die Menschen so wenig Korn in den Speichern gehabt. Denn die sonst so üppige Ernte des reichen Landes war durch den Krieg vernichtet worden. Und das wenige, was den Menschen noch verblieb, raubten Pratusicagus Krieger. Brandschatzend und plündernd zogen sie von Dorf zu Dorf. Hunger und Elend breiteten sich aus.

Doch den nun allein herrschenden Pratusicagus kümmerte die Not des Volkes nicht. Besessen von der Vorstellung, die heilige Statue sei von Sequennas Anhängern an einem geheimen Ort versteckt worden, ließ er Unschuldige verfolgen und der Folter unterwerfen.

Einen Tag vor dem Fest der Toten verließ Pratusicagus mit seinen Leuten fluchtartig den Glauberg. Angst spiegelte sich in seinem Gesicht. Angst vor der Rache seines toten Vaters und die Angst vor dem tödlichen Fluch, der ihn, den Thronräuber zu treffen drohte.

In der Nacht erschien Pratusicagus ein Traum als furchtbare Warnung. Er sah sich im Traum frei schwebend zu einem grell hellen Licht hingezogen. Man könnte es ein drehendes Loch oder auch einen Tunnel nennen. Es wurde immer heller und leuchtender. Entsetzlich und schrecklich schön. Vor und im Lichttor schwebten mehrere Lichtgestalten und am Ende des Tunnels erschien sein Vater mit dem von Blut überströmten Dagdatorix. Pratusicagus blickte nach unten und sah dabei, wie sein Körper über dem Ruhelager schwebte. Er dachte, er sei tot. Überall Lichtgestalten und tote Krieger, die zu dem goldenen, glänzenden Licht emporschwebten. »Warum hast du mich ermordet, du Thronräuber?«, hörte er den Oberdruiden. »Mörder, Mörder«, riefen tausend Stimmen. »Warum hast du mein Vermächtnis und das Gesetz der Ahnen missachtet, du Frevler?«, zürnte sein Vater.

Er spürte einen Schmerz, als stieße man ihm ein glühendes Messer in die Brust. Das blendende Licht erblasste, Pratusicagus erwachte in Schweiß gebadet. Das soeben im Traum Erlebte und ein starker Druck in der Brust machten ihm Angst, unheimliche Angst.

Er stand auf und öffnete die Tür. Ein geheimnisvolles Flüstern drang durch die Blätter der Bäume. Es wurde lauter und lauter »Mörder, Mörder«, klang es aus dem Nebel der Nacht. Kalte Luft strich über seine Wangen. Erschrocken lauschte er mit angehaltenem Atem. Der Druck wurde immer unerträglicher. Erst nach langer Zeit ließ dieser unheimliche Druck in seiner Brust nach.

Doch dem schenkte Pratusicagus nur wenig Beachtung. »Sicherlich habe ich schlecht gelegen«, erklärte er sich sein Unwohlsein. Doch der Traum bedrückte ihn. Die geweihte Statue war nicht in seinem Besitz. Nach dem Gesetz der Ahnen war er ein Thronräuber.

Der sonst so eiskalte Pratusicagus war tagelang tief deprimiert. Doch dann beruhigte er sich wieder.

Die schrecklichen Albträume wiederholten sich und wurden immer schlimmer. Dagdatorix und sein Vater warfen ihm fast jede Nacht Thronraub und Mord vor.

Um seine Träume zu verdrängen, beschloss Pratusicagus, mit seinen Kriegern den Glauberg zu verlassen und in ein nördliches Oppidum zu ziehen.
Aber auch dort fand der Krieger Pratusicagus keinen Frieden. Sein schlechtes Gewissen und die wiederkehrenden Albträume ließen seine Nerven nicht zur Ruhe kommen.
Um sich davon abzulenken, führte er neue Eroberungskriege. Das einst so blühende Land seines Vaters zerfiel. Auch die Druiden verließen den Glauberg und die heiligen Stätten verödeten. Die Menschen trauerten um ihre tot geglaubte Fürstin Sequenna.

20. Kapitel

Aber Sequenna lebte.
Im fernen Attika kämpfte sie sich mit ihren drei letzten Getreuen durch die Fluten des Ägäischen Meeres. Vorsorglich gingen sie dabei jedem größeren Schiff aus dem Weg und legten auf kleineren Inseln an, deren freundliche Bewohner sie mit dem Notwendigsten versorgten. Sequennas Frage nach der Insel Tilos konnten sie aber nur ganz allgemein beantworten. »Irgendwie in dieser Richtung«, sagten sie, »und ganz weit, weit weg von hier.« So blieb den Flüchtigen nichts anderes übrig als weiterzusuchen, wenngleich sie dabei oft fast den Mut verloren und das Boot einfach treiben ließen.

Eines Morgens sahen sie aus dem Nebel eine wunderschöne Stadt aufsteigen, deren Kuppeln und Türme in der silbrigen Luft zu schwimmen schienen.
Doch plötzlich erhob sich vor ihnen ein dumpfes Rauschen, das Boot war unbemerkt in die Gewalt eines Strudels geraten, der es nun immer schneller anzog.
Riannon warf das nutzlos gewordene Segel kurzerhand über Bord und griff zusammen mit Eilned, Cuchulain und Sequenna zu den Rudern, um gegen die Naturgewalt zu kämpfen. Die Riemen ächzten unter ihrer verzweifelten Kraft, aber jeder Augenblick, den sie sich zum Verschnaufen gönnen mussten, brachte sie dem Abgrund näher. Das Brüllen kam immer lauter aus dem aufgerissenen Rachen des Strudels, der nun einem

schrecklichen Meeresungeheuer glich, das seiner Beute sicher war.

Ein Wächter auf den Zinnen der Stadt beobachtete den Zwischenfall und schlug Alarm. Bald füllten sich die Plattformen der Türme und die Terrassen der Häuser mit Männern und Frauen, die alle einem Schauspiel beiwohnen wollten, das sie schon oft gesehen hatten und dessen Ende sie kannten.

Auch als die Lage schon aussichtslos schien, kämpften die tapferen Kelten immer noch unentwegt gegen die Strömung an. Schließlich siegte ihre Zähigkeit gegen den Todesstrudel und sie befanden sich unmittelbar außer Gefahr. Doch davon merkten sie nichts mehr. Sie waren von den fast übermenschlichen Anstrengungen ohnmächtig geworden.

Von den Klippen hechteten sonnengebräunte Gestalten ins Meer und schwammen zum Boot hin. Sie zogen es ans Ufer und gaben den Geretteten Hilfe. Die Fremden bestaunte man wie ein Wunder, denn seit Menschengedenken war es vor ihnen noch niemandem gelungen, dem Sog zu trotzen. Man ließ sie erst einmal schlafen, bis sie zu Kräften kamen, und brachte sie zwei Tage später zum Fürsten der Insel.

Fürst Solukus hörte Sequenna geduldig zu und betrachtete dabei immer wieder den kunstvoll gearbeiteten Ring, den sie an ihrem Finger trug.

»Diesen Ring gibt es nur einmal. Wo hast du ihn her?«, fragte er.

»Es ist der Ring meiner verstorbenen Mutter Ariane. Sie wurde hier in Attika geboren und zog vor langer Zeit mit meinem Vater nach Norden. Ich bin hierher gekommen, um die Verwandten meiner Mutter zu finden.«

»Ich kenne diesen Ring und ich kannte auch deine Mutter«, fuhr der Fürst fort. Der Weißhaarige lächelte. »Deine Mutter war ein wunderschönes Mädchen. An ihr war alles Licht und Lachen. Man sagte ihr nach, die Sonne selbst habe ihr die goldene Farbe ihres Haares geliehen«, schwärmte er weiter. »Du,

Sequenna, gleichst ihr wie ein Ebenbild. Ich habe deine Mutter sehr geliebt«, erzählte der alte Fürst weiter, »und ich habe ihr als Zeichen meiner Liebe diesen Ring geschenkt. Doch dann musste ich in den Krieg und war viele Jahre von zu Hause fort. Ich habe sie nie wieder gesehen. Man sagte mir, sie sei, da sie an meinen Tod glaubte, mit einem jungen Krieger nach Norden gezogen.« Der alte Mann kämpfte mit den Tränen. »Doch jetzt ist Ariane durch dich wieder zurückgekehrt. In wenigen Tagen wird mein Sohn Hector aus Athen zurückerwartet. Bitte erweise ihm die Ehre, dass er dich zur Heimatinsel deiner Mutter geleitet.«

Mit geschwellten Segeln erreichten zwei Tage später fünf Schiffe den Hafen der Insel. In ihrer Farbenpracht glichen sie einem Schwarm bunter Vögel. Frohe Menschen drängten sich am Hafenkai um Hector, den Sohn des Fürsten, zu begrüßen. Sequenna, die die Ankunft der Flotte von ihrem Fenster aus beobachtete, wurde bald darauf zum Fürsten gerufen.

Der Saal, in dem Sequenna empfangen wurde, lag in den inneren Räumen des Palastes. Er war im griechischen Stil eingerichtet. Der Fußboden war mit verschiedenfarbigen Marmorplatten ausgelegt und die Wände waren mit Fresken verziert.

Ein junger, gut aussehender Krieger, in ein griechisches Gewand von hellen, fröhlichen Farben gekleidet, mit ernstem, ausdrucksvollem Gesicht und großen, dunklen Augen, trat ein.

»Dies ist mein ältester Sohn«, erklärte Sokulus nicht ohne Stolz.

Sequenna sah den jungen Mann erstaunt an und errötete unwillkürlich.

»Du bist ...?«, begrüßte Hector sie. Über den verwunderten Ton hell auflachend, gab sie zur Antwort: »Ja, ich bin Sequenna, die Tochter der Ariane, und wahrscheinlich bist du Hector?«

Auch Hector lachte auf. »Mein Vater hat mir von dir und deiner Flucht aus dem Norden erzählt«, sagte er. »Arme Sequenna, du hast deinen Vater, dein Land und Conall verloren. Pratusicagus

hat dir alles genommen. Das tut mir sehr Leid für dich. Ich werde dich, wenn du einverstanden bist, morgen zu der Heimatinsel deiner Mutter bringen. Wenn ich sonst noch etwas für dich tun kann, dann lass es mich bitte wissen.«
Sequenna spürte, dass sein Mitgefühl echt war, und nahm das Angebot dankend an.

Am Morgen darauf schritt Sequenna neben dem jungen Hector zum Schiff. Stattlich und schlank war er. Nichts von der rohen Gestalt eines Kriegers besaß er. Er strahlte Harmonie und Zufriedenheit aus. Sequenna empfand Sympathie für ihn.
Mit Begeisterung sprach Hector von der bevorstehenden Seereise, und Sequenna schien es, als lodere hinter seinen Augen ein leidenschaftliches Temperament. Immer wieder traf sein leuchtender Blick die junge Fürstin.
Vielleicht übt mein Ring wirklich magische Kräfte aus, dachte Sequenna. Denn es kam ihr vor, als wären die Schatten der jüngsten Vergangenheit von ihr gewichen.
Hectors Schnellsegler, den er für die Reise nach Tilos ausgewählt hatte, zog schäumend seine Bahn über das Meer gegen Süden. Stahlblau wölbte sich der Himmel, leergefegt von jeder Wolke. Die sanfte Brise, die von Westen her wehte, blähte die Segel, so dass sie schon nach einem Tag das Ziel erreichten.

Sequenna fühlte, dass jemand hinter ihr stand, und wandte sich um. An der Schiffswand lehnte Hector und sah unbewegt zu dem Nachthimmel auf. Über dem Schiff funkelten eine Reihe Sternbilder in auffallender Größe und Helligkeit.
»Was tust du da, Hector«, fragte Sequenna, »liest du in den Sternen?«
Hector sah Sequenna schweigend an. Erst nach einer langen Stille kam seine Antwort. »Immer in der Nacht, wenn es still ist, blicke ich zu den Sternen. Denn die Sterne sind unsere Götter und sie wissen alles. Die Bahnen des Schicksals kreisen in ihnen und treiben uns alle zu dem Ziel, das uns bestimmt

ist. Aber nicht alles tun die Götter da oben, ein Stück unseres Schicksals lassen sie in unseren eigenen Händen.«
»Und mit diesem Stück Schicksal will ich hier ein neues Leben anfangen«, antwortete Sequenna nachdenklich.
Hector sah ihr fest in die Augen. »Ja, das glaube ich dir und dafür wünsche ich dir alles Glück dieser Welt!«
Hector hob wieder sein Gesicht zum Himmel. Er blickte geradeaus, wohin der Kurs des Schiffes ging. Dort sandte nahe dem Zenit ein so riesiges Gestirn seine Fülle gelblichweißen Lichtes herab, dass es schien, als sei eine unendlich große, ferne Sonne aufgegangen. Eine solche Ruhe und Kraft ging von dem Gestirn aus, dass Hector Minute um Minute ohne die leiseste Bewegung in das ferne, weiße Licht blickte.
Wie zu sich selbst begann Hector zu sprechen, und langsam wandte sich auch Sequenna wie unter einem Zauber nach vorn und dem geheimnisvollen Gestirn entgegen, das wie ein Herrscher über der Nacht am Himmel funkelte.
Feierlich fielen die Worte von Hectors Lippen: »Ich grüße dich, Göttervater Zeus, wie dich die Priester und Sterndeuter nennen. Ruhm, Glück und Gerechtigkeit bringst du unseren Lebensbahnen. Leuchte für Sequenna und für mich, Nacht für Nacht.«
Hector verstummte und sah Sequenna schweigend an. »Morgen früh werden wir das Ziel unserer Reise erreicht haben«, begann er zögernd. »Der Abschied wird mir nicht leicht fallen«, gestand er. Nach einem kurzem Zögern sprach er seinen innigsten Wunsch aus: »Ich möchte dich wiedersehen.«
Sequenna drückte ihm stumm einen Kuss auf die Wangen.

Wenige Stunden später drang die Morgensonne stellenweise durch den Frühnebel.
Die Felsen der Insel Tilos waren zu sehen. Sequenna war in der Heimat ihrer Mutter angekommen.

21. Kapitel

Sequennas Onkel, der als Fürst der Insel seine Nichte am Hafen erwartete, war ein Mann in den mittleren Jahren. In seinen dunklen Haaren und in seinem Bart zeigten sich bereits silberne Strähnen.

»Sequenna, Tochter meiner Schwester Ariane, sei bei uns hier in Attika herzlich willkommen«, begrüßte er sie. Mit überschwänglicher Freude nahm er die junge Frau in die Arme und drückte sie an seine Brust.

Sequenna ließ sich umarmen und erwiderte den Gruß auf griechisch.

»Du sprichst unsere Sprache?«, wunderte sich der Fürst.

»Ja, ich habe ein wenig von meiner Mutter gelernt«, antwortete Sequenna mit einem freundlichen Lächeln.

Der Palast, in dem der Fürst wohnte, wirkte nach außen schlicht und bescheiden. In seinen Innenhöfen aber entfaltete sich hellenische Kultur. Zwischen Wasserspielen und Zierbäumen, Volieren und Spalierbüschen spielte die Sonne. Marmorsäulen und Palmen spendeten Schatten.

Die Innenräume des Palastes waren geschmackvoll und elegant eingerichtet. Die weißen Wände schmückten bunte Bilder aus der griechischen Mythologie.

Man bat Sequenna in den großen Saal, wo sich die Gattin des Fürsten mit drei jungen Mädchen versammelt hatte.

Die Mädchen, die Töchter des Fürstenpaares, musterten die junge Keltin mit einer Mischung aus Achtung und Neugier.

Thetis, die Gemahlin des Fürsten, war eine hoch gewachsene schlanke Frau mit schulterlangen schwarzen Haaren. Ihr Gesicht wirkte gütig, aber auch nachdenklich. Warmherzig nahm sie ihre Nichte in die Arme, voller Freude hieß sie Sequenna willkommen und stellte ihr die drei Töchter Ariane, Aleta und Helene vor.
Aus dem Nebenraum drangen verlockende Düfte von gebratenem Fleisch. Sequenna stellte plötzlich fest, dass sie großen Hunger hatte. In diesem Augenblick erschien ein Diener und erklärte, die Speisen seien aufgetragen.
Bei den Gesprächen an der Tafel tauschte man Erinnerungen über Sequennas Mutter aus.
»Ariane war ein wunderschönes Mädchen«, schwärmte der Fürst. »Wir alle waren sehr traurig, als sie unsere Insel vor vielen Jahren verließ, um mit dem Kelten Boutasages nach Norden in ein fernes Land zu ziehen. Boutasages weilte damals bei uns, um Handel zu treiben. Ariane und Boutasages verliebten sich unsterblich, und so wurde deine Mutter seine Frau. Von unseren Händlern, die oft ins Nordland reisten, erfuhren wir später, dass Ariane gestorben sei. Wir erfuhren aber auch, dass sie drei Jahre vor ihrem Tod einem Mädchen das Leben geschenkt hatte. Wir wussten, Ariane lebt für uns in diesem Mädchen weiter.«
Sequenna kämpfte bei dieser Erzählung gegen ihre Tränen.
Nach und nach nahmen die Gespräche eine andere Wendung und Sequenna musste erzählen, welche schrecklichen Ereignisse sich in ihrer Heimat zugetragen hatten.
Stockend berichtete sie von dem Vermächtnis ihres Vaters. Nur um den Frieden zu sichern, hatte er sein Erbe zwischen ihr und ihrem Stiefbruder geteilt. Dieser sollte durch das väterliche Vermächtnis zur Einsicht kommen und so ein Mann des Friedens werden. Aber der Wunsch erfüllte sich nicht. Sequenna erzählte weiter von dem furchtbaren Krieg, den ihr Bruder angefangen hatte. Sie berichtete von der Zerstörung des Oppidums, vom Tod ihres geliebten Mannes und von ihrer langen Flucht nach Attika.

»Es ist nicht deine Schuld, dass dies alles so gekommen ist«, tröstete man sie. »Jetzt ist hier deine Heimat.«

Tage und Wochen vergingen. Als der volle Mond, der sie in der Nacht ihrer Ankunft auf der Insel begrüßt hatte, abnahm und im ewigen Gleichlauf der Tage und Nächte wieder zu einer schmalen Sichel wurde, stellte Sequenna fest, dass ihr Leben in der neuen Heimat schnell ein ausgewogenes Gleichmaß gefunden hatte.

Nur am Abend, wenn die Flut im nahen Meer gegen das Land rollte, blickte sie nach Westen und dachte an ihre verlorene Heimat, an ihren geliebten Conall, aber auch an ihren neuen Freund Hector, der ihr wieder Lebensmut schenkte.

22. Kapitel

Wenige Monate nachdem Sequenna mit ihrem Gefolge die Heimat ihrer Mutter erreicht hatte und dort von entfernten Angehörigen aufgenommen worden war, starb der alte Fürst Solukus. Die Nachricht vom Tode des greisen Fürsten verbreitete sich über ganz Attika. Sein Sohn Hector wurde vom Ältestenrat zum neuen Fürsten ernannt.

Hector trauerte um seinen Vater. Der Rat wollte, dass sich der junge Fürst eine Frau erwählte, und sie rieten ihm, er möge um Sequenna, die Fürstentochter aus dem fernen Norden, werben.

Hector hatte Bedenken. »Ich habe einen anderen Glauben als sie.« Seine Ratgeber aber empfahlen ihm, es zu versuchen, denn Sequenna sei Keltin und Griechin zugleich und wegen seiner hohen Stellung würde sie ihn nicht abweisen.

Wenige Tage später suchte Hector die Keltenfürstin auf. Spontan sprach er seinen Wunsch aus: »Ich komme, um dich zu bitten, Herrin von Patmos zu werden. Ich liebe dich und möchte, dass du mein Weib wirst.«

Sequenna war von Hectors Werbung tief beeindruckt, bat aber um Bedenkzeit. Zehn Nächte lang lag sie voller Gedanken, trauerte um ihren geliebten Conall, hielt mit ihm Zwiesprache und konnte keinen Schlaf finden. Dann fällte sie die schwerste Entscheidung in ihrem jungen Leben. Sie nahm die Werbung Hectors an.

Bald sprach man im Palast von Patmos nur noch von dem

einen Ereignis: der Hochzeit des Fürsten mit der schönen Keltin Sequenna.

23. Kapitel

Am Tag der Vermählung kümmerten sich vier Dienerinnen um Sequenna, um sie für die Hochzeit vorzubereiten.
Zuerst half man ihr in eine langärmlige, weiße Untertunika aus Leinen. Darüber zog man ihr das Hochzeitskleid, das aus gold- und silberdurchwirkten, bunten Stoffen geschneidert war. Das Kleid fiel in anmutigem Faltenwurf von den Schultern bis auf den Boden. Dann wurde ihr ein Gürtel um die Hüften geschlungen, der mit Edelsteinen besetzt war. Zum Schluss befestigten die Dienerinnen einen schmalen, wunderschön gearbeiteten Goldreif in Sequennas Haar. Sequenna hob den Kopf und ließ die warme griechische Sonne auf ihr Gesicht strahlen.
Hector erwartete sie am Eingang seines Palastes, küsste sie und führte sie stolz in den Tempel der Aphrodite, wo das Vermählungsritual von den Priesterinnen der Göttin vollzogen wurde.
Die hohe, von vier weißen Marmorsäulen getragene Eingangshalle des Tempels, deren blau bemalte Decke mit Bilderschmuck verziert war, bot einen bezaubernden Anblick.
An den reich bemalten Wänden und Säulen hingen Lampen aus farbigem Papyrus, die einen seltsamen, dem Sonnenlicht, das durch bunte Scheiben strahlt, nicht unähnlichen Glanz verbreitete. Der Raum zwischen den Säulen und der Tempelhalle war mit ausgewähltem Blumenschmuck und Pflanzen angefüllt. Hinter diesem verborgen stand eine Schar von Harfen- und Flötenspielern, die das Brautpaar mit feierlichen Weisen empfing.

Hector und Sequenna traten in den heiligen Tempel der Göttin ein.
In der Mitte der Marmorhalle stand auf einem runden Altar mit ausgestrecktem Arm, das Haar in einen Knoten aufgebunden, das fünf Meter hohe Abbild der Göttin. Die Statue trug einen Lorbeerkranz auf dem Kopf. Ein Schleier fiel über das Obergewand, das vorne in fünf Zonen unterteilt war.
Der Schmuck der obersten Zone, in Brusthöhe, bestand aus einer Platte mit Wellenmuster und einem halbmondförmigen Anhänger. Die zweite Zone zeigte drei Grazien, die Begleiterinnen der Göttin. In der dritten Zone strahlten Helios (die Sonne) und Selene (der Mond). Tiere und Meeresgottheiten, die auf Aphrodites Herkunft aus dem Meer anspielten, schmückten die vierte Zone. Drei geflügelte Eroten symbolisierten in der fünften Zone die Unterwelt.

Hector und Sequenna traten vor den Altar und die Hohepriesterin begann mit der Zeremonie.
»Eure Vermählung«, begann sie, »wird dem Land und dem Volk dienen. Also frage ich euch, Sequenna und Hector, seid ihr dazu bereit?«
Sequenna und Hector bejahten.
Als Sequenna mit Hector auf der Terrasse des Palastes erschien, begrüßte sie der donnernde Jubel der Menschenmassen.
Hunderte von Untertanen hatten seit Stunden ausgeharrt, um das frisch vermählte Fürstenpaar zu sehen.
Sequenna grüßte die Menschen lächelnd mit erhobenen Armen. Sie spürte, wie ein Glücksgefühl in ihr aufstieg.

Am Abend erstrahlte der große Festsaal im Licht von hundert Fackeln. Eine Reihe von Dienern stand hinter dem riesigen Tisch, an dem das Fürstenpaar, flankiert von hohen Würdenträgern, Platz nahm.
Das Festmahl wurde aufgetragen, und die Tische bogen sich unter der Last der köstlichen Speisen. Es gab Platten mit

Kapaun, der in einer weißen Sauce schwamm und mit Granatäpfeln und anderen Süßigkeiten garniert war. Schüsseln mit zartem Wild, Hasen und Rehen, Waldschnepfen und Wachteln, die mit würzig duftender Creme übergossen waren, Lachs und Langusten, Schweine, am Spieß geröstet. Außerdem gab es Platten mit den verschiedensten Fleischsorten: Rind, Lamm, Taube und Gans.

»Einen Trinkspruch!« Einer der Würdenträger erhob sich von seinem Platz und reckte seinen Weinbecher in die Höhe. »Auf das Brautpaar! Auf die liebliche Sequenna und den edlen Hector.«

»Auf Sequenna und Hector!« riefen die Gäste im Chor und leerten ihre Becher.

Die Hochzeitsfeier ging ihrem Ende entgegen. Die Gäste verabschiedeten sich einer nach dem anderen, und es wurde still im Fürstenpalast.

Das frisch vermählte Paar zog sich in seine Gemächer zurück. Sequenna legte Hector die Hände auf die Schulter und beugte den Kopf zurück, um sich küssen zu lassen. Hector neigte sich über sie und als seine Lippen die ihren berührten, nahm die göttliche Kraft völlig Besitz von ihm. Er löste die Knoten des Gürtels und entfernte die Spangen, die Sequennas Gewand hielten. Dann stand sie nackt vor ihm, und er sah die sanften Formen ihres Körpers, die schöner waren als alle Juwelen, die sie vorher geschmückt hatten. Sie nahm ihm den goldenen Gürtel ab und half ihm aus den Kleidern. Dann drängten sie sich aneinander, vereinigten sich in Liebe und genossen die Freuden des griechischen Feuers. Gemeinsam taumelten sie der Glückseligkeit entgegen.

24. Kapitel

Fünf Jahre später.
Die Klippen der Küste erhoben sich aus dem tiefen, blauen Wasser des Ägäischen Meeres. Der höchste Punkt der Erhebung war eine breite Fläche mit Gärten im Schatten von Zypressen, die von einem prächtigen, mehrstöckigen, weiß getünchten Schloss beherrscht wurden. Es stand da wie eine Festung am äußersten Rand der Klippen über einer klaren, tiefen, blauen Bucht. Dort lagen Schiffe vor Anker. Ein großes, schlankes Schiff lag mit gerafften Segeln an einem langen Kai, der von einem weißen Sandstrand in die Bucht hinausragte. Mehrere kleine Boote hatten ebenfalls dort angelegt.

Sequenna, die Herrin des Palastes, hielt ihren kleinen Sohn in den Armen und blickte, in Gedanken versunken, von ihrem Dachgarten auf die Bucht hinab.
Männer und Frauen und ein paar ältere Kinder versammelten sich um die Händler, die ihre Waren anboten.
Sequennas Herzschlag beschleunigte sich vor Freude, als eine Dienerin ihr die Ankunft eines Händlers aus ihrer Heimat meldete.
»Führe ihn in den kleinen Marmorsaal und biete ihm Erfrischungen an«, befahl die Fürstin.
Die Dienerin führte den Händler in den luxuriös ausgestatteten Raum mit kunstvollem Mosaikfußboden und bunt bemalten Wänden.

»Nehmt bitte Platz und macht es euch bequem«, forderte die Dienerin den Besucher auf. »Meine Herrin kommt sofort«.
Wenige Minuten darauf betrat Sequenna den herrlichen, mit wunderschönen Blumen geschmückten Marmorsaal. Sie hatte eine weiße Tunika um ihre jungen Schultern gelegt und einen zierlichen Schleier am Kopf befestigt.
»Willkommen in Attika!«, begrüßte sie ihren Gast und streckte ihm beide Händen entgegen.
Der Mann erhob sich. »Ich danke Euch, Fürstin, für die freundliche Aufnahme«, antwortete der Besucher und bot seiner Gastgeberin ein Bernsteinamulett als Geschenk an.
Während der Besucher wieder Platz nahm, blieb Sequenna nachdenklich stehen.
»Berichte mir bitte aus meiner Heimat«, forderte sie den Händler auf. »Wie geht es Dagdatorix? Ist mein Bruder Pratusicagus nun doch noch ein Mann des Friedens geworden? Hat das Volk mich schon vergessen? Bitte erzähl mir alles.«
Der Besucher schwieg betroffen. Erstaunt sah er seine Gastgeberin an. Wusste denn die Fürstin nicht, was sich in den letzten Jahren alles ereignet hatte?
»Warum schweigst du?«, rief Sequenna leicht erregt. »Bitte sag mir die Wahrheit, auch wenn sie noch so schrecklich ist. Ich will alles erfahren. Also schone mich nicht.«
»Euer Volk hat Euch nicht vergessen, Fürstin«, antwortete der Besucher vorsichtig. »Es sehnt sich nach Eurer Regentschaft zurück. Es leidet unter Krieg und Hungersnöten. Pratusicagus hat das Land ins Verderben geführt. Sinnlos führt er Eroberungskriege und überfällt ein Nachbarvolk nach dem anderen. Dagdatorix wurde, nachdem er sich weigerte, das Versteck der heiligen Statue zu benennen, von ihm erschlagen. Die Druiden haben daraufhin den Glauberg verlassen. Das einst so prächtige Oppidum ist nun menschenleer und verödet. Euer Bruder ist ein blutiger Tyrann geworden. Tod und Elend beherrschen Eure Heimat. Wir Händler meiden das Land, in dem Pratusicagus herrscht.«

Als Sequenna das hörte, wurde sie kreidebleich vor Gram. Sie beherrschte sich, obwohl ihr plötzlich schwarz vor Augen wurde. »Entschuldige mich«, bat sie, »ich habe noch andere Pflichten.«
Wie in Trance verließ die Fürstin den Saal, eilte in ihre Gemächer und ließ dort ihren Tränen freien Lauf. Die Vergangenheit hatte sie eingeholt und ihre noch nicht vernarbten Wunden rissen erneut auf.

Am späten Abend suchten Riannon, Cuchulain und Eilned die Fürstin auf. Sie baten um ein Gespräch.
»Verzeiht, Herrin«, begann Riannon zögernd. »Wir haben von den Händlern gehört, dass Pratusicagus Dagdatorix ermordete. Euch und ihm haben wir ewige Treue geschworen. Wir müssen seinen Tod rächen.«
Sequenna schwieg.
»Wir bitten Euch, den Rächer aus unseren Reihen auszuwählen«, fuhr Riannon fort.
»Das kann ich nicht«, antwortete die Fürstin. »Solch eine Wahl kann ich nicht treffen.«
»Pratusicagus hat den Tod verdient! Einer von uns muss es tun«, bemerkte Cuchulain.
»Lasst mich es tun«, forderte Riannon.
»Nein, mich!«, rief Eilned.«
»Ich will Dagdatorix rächen!«, ereiferte sich Cuchulain.
»Nur einer von uns kann ihn töten. Lasst das Scherbengericht darüber entscheiden«, schlug Riannon vor.
»Bitte gebt mir für meine Entscheidung noch eine Nacht Bedenkzeit«, bat die Fürstin.
Die Männer nickten. Dann zogen sie sich schweigend zurück.

Die ganze Nacht quälte sich Sequenna mit ihrem Gewissen. Doch dann siegte letztendlich das Rachegefühl, denn in ihrem kummervollen Herzen war kein Raum mehr für Vergebung.
Am anderen Morgen stimmte sie dem Vorschlag zu, das Scherbengericht entscheiden zu lassen.

Im Vorhof stellten zwei von Sequennas Dienerinnen einen Tonkrug und zehn kleine Tontafeln bereit. Während neun Tonscherben unbemalt waren, war die zehnte Tonscherbe mit einem roten Kreis versehen. Die Scherben wurden von den Dienerinnen vorsichtig in das Gefäß gegeben und durchgeschüttelt.
»Wer die Tonscherbe mit dem Kreis ergreift, der soll Dagdatorix' Tod rächen«, bestimmte die Fürstin.
Die drei Männer begannen. Riannon holte die erste Tonscherbe aus dem Krug. Sie war unbemalt. Die zweite Tonscherbe, die Cuchulain zog, war ebenfalls nicht bemalt. Auch die dritte Tonscherbe, die Eilned ergriff, brachte noch keine Entscheidung.
Dann war wieder Riannon an der Reihe. Wütend und enttäuscht warf er die leere Tonscherbe zu Boden. Auch Cuchulain erhaschte beim zweiten Mal wieder eine unbemalte Scherbe.
Die sechste Scherbe aber, die Eilned aus dem Krug holte, war mit dem roten Kreis gekennzeichnet.
Die Entscheidung war gefallen. Eilned war dazu auserwählt worden, den Tod von Dagdatorix zu rächen.

25. Kapitel

Als Pratusicagus ein Jahr später an einem Spätsommermorgen vom Burgwall des Dünsberges auf das Land blickte, war die Stunde der Rache gekommen.

An jenem Morgen lockte die spätsommerliche Sonne wohlig warm. Als Pratusicagus das südliche Zangentor erreicht hatte, erblickte er einen Krieger, der auf ihn wartete. Der fremde Krieger wirkte kühn und entschlossen. Es war Eilned, der Rächer aus Attika.

Pratusicagus befand sich mit ihm auf gleicher Höhe, als jener einen Schritt vortrat, das Schwert zog und es dem Fürsten mit den Worten »Rache für Dagdatorix« in die Brust stieß. Es geschah so schnell und überraschend, dass weder Pratusicagus noch seine Leibwache das Entsetzliche zu fassen vermochten. Mit weit aufgerissenen Augen, mehr erstaunt als erschrocken, betrachtete der tödlich getroffene Fürst den jungen Krieger. Er erkannte ihn. »Du, Eilned?« röchelte er. Dann wankte Pratusicagus und schlug wie ein gefällter Baum zu Boden.

Sein Sturz löste die Begleiter aus ihrer Erstarrung. Ihre Schwerter schwirrten aus der Scheide. Während der Fürst grauenvoll röchelnd sein Leben aushauchte, begann ein ungleicher, mörderischer Kampf: Eilned gegen zehn erfahrene Krieger der fürstlichen Leibwache. Mit grimmigen Schwerthieben fielen sie über ihn her. Obwohl Eilned wusste, wie aussichtslos sein Widerstand war, verteidigte er sich bis zum letzten Blutstropfen. Er parierte den Hieb des ersten Angreifers, stieß ihn mit dem Fuß zur Seite und zertrümmerte dem zweiten Leibwächter mit einem gewaltigen Schwertstreich den Schädel. Den dritten Krieger wehrte er mit einem Dolchwurf ab, der diesen zielgerecht in den Hals traf. Immer neue Krieger der Leibwache eilten herbei. Bald waren es zwanzig, und es wurden immer mehr. Eilned bahnte sich mit wuchtigen Schlägen einen Weg zum Palisadenwall. Er versuchte, den Wall zu überklettern. Aussichtslos!

Bogenschützen hatten sich in der Zwischenzeit aufgestellt und schossen einen Hagel von Pfeilen auf ihn ab. Eilned wich aus, doch es trafen ihn drei Pfeile in den Rücken. Er wankte und wehrte mit allerletzter Kraft den Angriff von zwei Kriegern ab. Einem von ihnen stieß er sein Schwert in die Brust, den zweiten setzte er mit einem harten Fausthieb außer Gefecht. Doch dann traf ihn ein Speer. Eilned wurde schwarz vor den Augen. Er verlor das Bewusstsein. Den Schwerthieb, der ihm den Kopf abtrennte, spürte er nicht mehr.

Zusammen mit dem toten Pratusicagus schwebte er in einen hellen, sich drehenden Lichttunnel hinein. Gestalten der Anderwelt kamen auf ihn zu und jubelten. »Der Mord an Dagdatorix ist gesühnt. Das Paradies erwartet dich.«

Auch Pratusicagus sah in dem hellen, sich drehenden Lichttunnel die schwebenden Gestalten. Genau so, wie er sie in seinen Albträumen erlebt hatte. Das Licht zog ihn nach oben. Doch Dagdatorix und sein Vater versperrten ihm den Weg. Unheimliche Stimmen riefen ihm zu: »Fahr hinab in die Finsternis, du Mörder, du Thronräuber, du Tyrann. Verflucht und verdammt für alle Ewigkeit sollst du sein. Hier in der Anderwelt ist kein Platz für dich!«

Für Pratusicagus fand kein prunkvolles Begräbnis statt. Niemand trauerte um den getöteten Tyrannen. Kein Druide gab ihm den Segen für die Reise in die Anderwelt. Seine letzten Getreuen begruben ihn heimlich an einem unbekannten Ort. Dann zerstritten sie sich. Jeder von ihnen beanspruchte das fürstliche Erbe.

Doch die Menschen sehnten sich nach Frieden. Sie verweigerten den neuen Tyrannen die Gefolgschaft und gründeten mit anderen keltischen Stämmen am Fuße der Taunusberge im Heidetränktal das 1,3 Quadratkilometer große Oppidum »Artaunon«.
Anstelle der absoluten Fürsten herrschten im neuen Oppidum adlige Handelsgeschlechter. Ein neuer wirtschaftlicher Aufschwung begann. Die Ära der keltischen Fürstentümer war damit beendet.

Und Sequenna? Sie starb hochbetagt im fernen Attika, ohne ihre keltische Heimat jemals wieder gesehen zu haben.

Nachwort

Erst nach drei Jahrtausenden gab der heilige Berg der Kelten zögernd seine Geheimnisse frei.
Unterhalb der ehemaligen Zitadelle wurde im Jahr 1988 mit Hilfe der modernen Luftbildarchäologie auf einem Rüben- und Getreideacker ein großer Kreisgraben entdeckt.
Im Jahre 1994 begannen die wissenschaftlichen Ausgrabungen, die das unzerstörte Fürstengrab des Boutasages zutage förderten.
Aus dem Fürstengrab wurde eine Fülle von Fundstücken geborgen. Neben einem Eisenschwert, Bronzefibeln, Gürtelhaken und einer reich verzierten bronzenen Schnabelkanne waren auch verschiedene Ringe und ein Halsreif aus Gold darunter.
Die Archäologen wurden weiter fündig und entdeckten ein zweites Grab. Wie die Beigaben zeigten, wurde hier ein Krieger bestattet. Es war das Grab des Conall.
Aufsehen erregte 1996 der Fund der lebensgroßen Sandsteinstatue des Boutasagus, nach dessen Verbleib Pratusicagus einst vergeblich gesucht hatte.
Die Statue ist 186 Zentimeter lang und wiegt 230 Kilogramm. Sie konnte völlig unversehrt geborgen werden. Lediglich die Füße waren abgebrochen. Der Fürst ist als ein mit Schild und Schwert bewaffneter Krieger dargestellt.

Erläuterungen

Airmid
Göttin der Heilkunst. Sie hütet die heiligen Quellen der Kelten.

Anderwelten
In der keltischen Mythologie sind Anderwelten unsichtbare Reiche von Göttern, Toten, Geistern, Feen und Elfen. Der Schleier zwischen der sichtbaren und der unsichtbaren Welt ist leicht zerreißbar. Seher und Barden besuchen die Anderwelten auf Bewusstseinsflügen oder Seelenreisen. Die Anderwelt der Kelten war kein düsterer Aufenthaltsort der Toten. Es war eher ein Paradies, in dem sich die Seelen der Verstorbenen vor ihrer Wiedergeburt in die Welt ausruhten. Öffnungen zur Anderwelt führen durch Wasser und über schmale Stege, unter Wälle oder durch Brunnen. Am Vorabend von Samhain, dem 31. Oktober (Allerheiligen) sind alle Tore zur Anderwelt offen.

Beltaine
ist eines der größten Feste des keltischen Kalenders. Beltaine (die Sommersonnenwende) wurde zu Ehren des keltischen Sonnengottes Belenus gefeiert. Am Abend vor Beltaine zündeten die Kelten Feuer an, die die Sonnenstrahlen und die Verheißung der sommerlichen Früchtefülle symbolisierten.

Cernunnos
Der keltische Gott der Jäger wird üblicherweise sitzend mit

gekreuzten Beinen beschrieben. Der »Gehörnte« war ein Herr der Tiere und ist umringt von wilden Tieren. In einer Hand hält er eine Kriegerfackel, in der anderen eine Schlange, wodurch er seine Macht demonstriert.

Dagda
bedeutet »der gute Gott«. Er ist einer der keltischen Hauptgötter, der als Mann in bäuerlicher Kleidung, eine riesige Keule auf Rädern hinter sich herziehend, dargestellt ist. Mit einem Ende dieser Waffe konnte er seine Feinde erschlagen und mit dem anderen Tote zum Leben erwecken. Dagda galt als weise und in der Zauberkunst bewandert.

Druiden
hatten sowohl geistige als auch politische Macht in der keltischen Gesellschaft. Sie waren nicht nur Priester und Seher, sondern auch juristische und moralische Berater.
Die Druiden durchliefen eine Lehrzeit von mindestens zwanzig Jahren, in denen sie die Geheimnisse und Gesetze auswendig lernten.

Samhain
ist der Jahrestag (Allerheiligen), an dem die Toten auferstehen, um mit den Lebenden gemeinsam zu feiern. Am Vorabend von Samhain sind alle Tore zur Anderwelt offen und wundersame Geister kommen unter den hohlen Hügeln hervor.

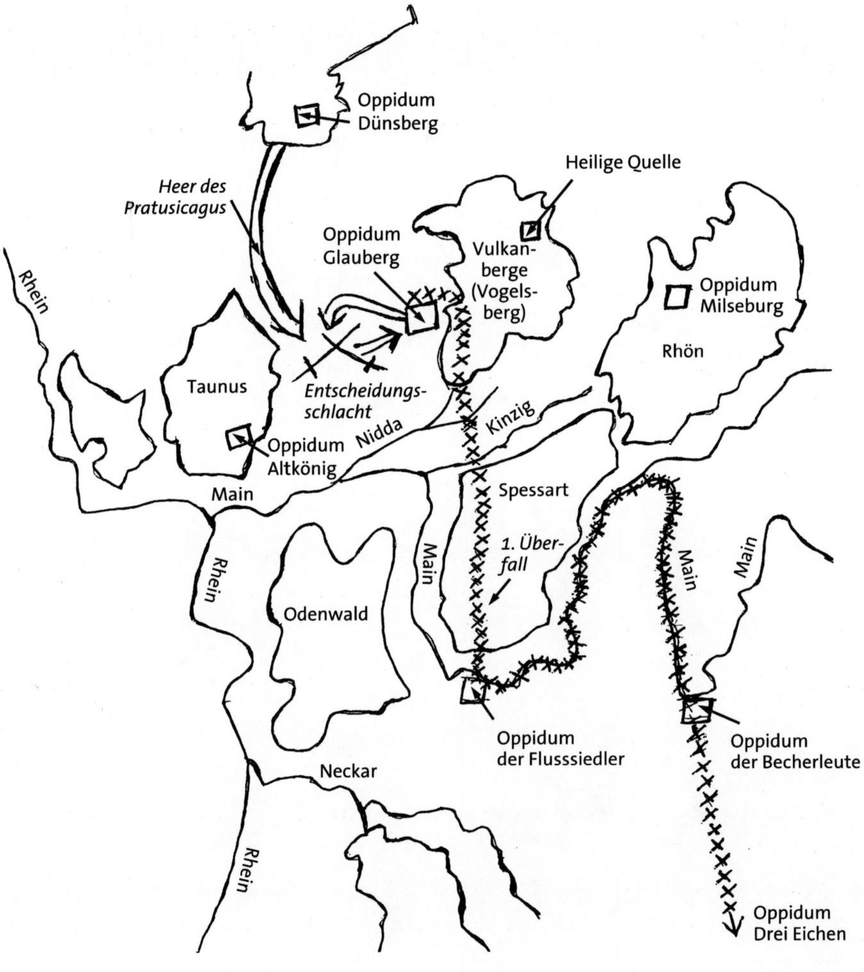

Die wichtigsten keltischen Oppida, Heiligtümer und Schlachtfelder

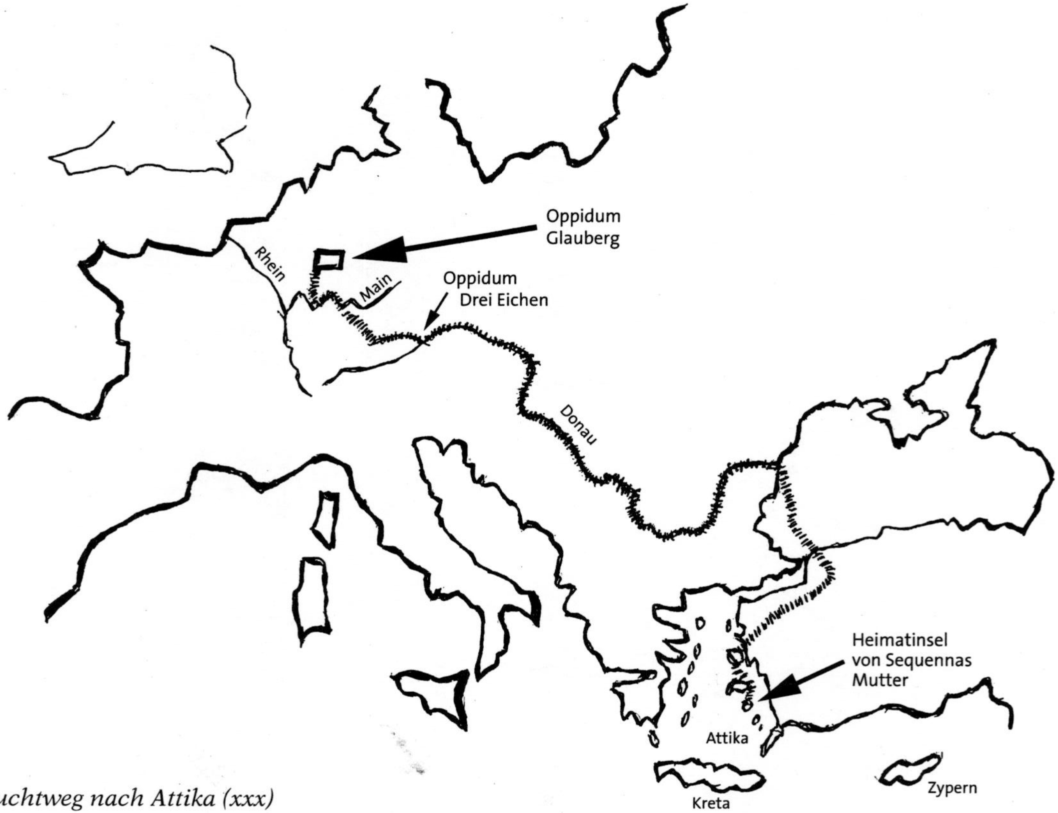

Sequennas Fluchtweg nach Attika (xxx)